日本人就此滅絕了。

虛位王權

Kadokawa Fantastic Novels

序幕 Prologue

八尋感受到燒灼般的痛楚與衝擊後，就倒在滿是沙子的地面上。

鮮血從肺部湧出，鮮明的死亡滋味在口腔中擴散開來。

聽得見風聲，灼熱大氣從老朽建築的鋼筋縫隙吹過所帶來的聲音。

季節是在夏天。

那場慘劇過後的第四次夏天。

成為廢墟的街道上已無人們生活的痕跡。

只聽得見蟬兒們的聲音。告知夜晚來到的暮蟬毫不停歇地鳴叫著。

幾近凶猛的求生執著；種族本身的生命力。無論是足以改變地形的破壞慘狀，或者城鎮居民皆已滅絕的事實，對那些嘈雜的昆蟲來說應該都不算太大的問題。

著實令人感動，而且醜陋。

八尋隔著裂開的天花板望向天空，一邊如此心想。

彷彿要把天空燒焦的緋紅色殘照。

四年前的記憶之所以會復甦，應該就是目睹了那片紅色天空所致。

那年夏天，深紅霧雨濛濛下起，將全世界染成火色。

映入眼底的是倒塌的成群高樓大廈。

還有殘骸。扭曲得幾乎不留原型，過去曾被稱為電車的灰色鐵塊。

橋樑崩塌，道路下陷，城鎮裡連地形都變了樣，感覺像陌生的異國。

雨依然下著，含有鏽鐵的紅雨。

別無任何會動的物體。

四下都沒有活人。

過去這座城鎮應有幾百萬人，如今都被吞噬消失了，連屍體都不剩。

只有十三歲的鳴澤八尋握緊染血的雙手活了下來。

「珠……依……！」

八尋的喊叫聲徒然迴盪於充斥寂靜的街道。

他還記得妹妹小小的手有多溫暖。

更記得妹妹年幼時的純真笑容。

可是，記憶中的妹妹身影已然消失，只留下沾染八尋全身的鮮血。

「妳在哪裡……珠依……！」

沒有聲音回應八尋的嘶喊，唯獨悄悄吹嘯的風更添勢頭。

八尋爬上被瓦礫埋住的階梯，來到視野開闊的高台。

傾毀的城鎮猶如一座做壞的造景模型，深紅雨水打濕了無人的廢墟。

火頭從市區四處燃起，將早晨的天空照得像傍晚一樣朱紅。

「災厄」飛舞於這樣的天空。

龐大得足以覆蓋視野的身影。

盤旋遊走於雲海，並且睥睨地表的虹色「怪物」。

「太好了……哥哥，你還活著。」

含笑的清澄嗓音傳來。

少女身後領著飛舞於天的「怪物」，並且靜靜地俯望戰慄的八尋。

鳴澤珠依淋著深紅雨水，一邊柔柔地微笑。

「還是說，你死不了呢？」

無法抹滅。至今仍離不開記憶。

她透明的眼眸裡映著漸毀的世界。

還有既美麗又凶猛的巨龍身影飛舞於她的身後——

「……嘖！」

意識不清是短短一瞬的事情。

八尋隨著強烈的憤怒清醒過來，然後翻身躍起。

獸牙從他的頭頂猛然掃過。那是體長近三公尺的魍獸的尖牙。

衝勢過猛的魍獸撞上混凝土牆。

八尋趁空檔撿起脫手的短刀，並且重整姿勢。

傷勢嚴重到可笑的地步。

單邊肺葉受創，右肩胛骨完全碎裂。

右臂處於只是勉強還接在身上的狀態。

單被魍獸用前肢輕輕一揍，人類脆弱的肉體就落得這種下場。彷彿要燒斷神經的劇痛於此刻仍朝著八尋接連來襲。

魍獸一邊咬碎混凝土塊一邊重新轉向八尋。

硫磺燃燒般的惡臭對八尋的鼻子造成刺激。

具備漆黑肉體的犬型魍獸。遇上它的若是軍方那些人，大概會樂得為它取個響亮的名字叫黑犬或地獄犬吧。

不過八尋對魍獸的稱呼沒興趣。

魍獸就是魍獸。既然對方發動攻擊，只能將其驅除。

黑色魍獸吐出帶著硫磺臭味的氣息，一邊壓低姿勢。

匹敵野牛（Bison）的巨大身體，超脫自然定理的魍獸戰鬥力驚人，血肉之軀的人類單打獨鬥不會是它的對手。

與八尋一同前往的那些跟監人員早就開溜，但似乎都被殺掉了。

那些人瞧不起身為日本人的八尋，也毫不掩飾輕蔑之意。就算他們能活下來，八尋也無法期待得到支援。

目前八尋的傷勢重得能活動都令人不可思議，而他手邊的武器僅剩一把短刀。

「不成問題」——如此心想的八尋揚起了嘴角。

八尋將短刀抵在自己的傷口，讓刀刃沾上鮮血。

黑色魍獸發出低吼，朝八尋來襲。

八尋也同時朝魍獸疾奔而去。

兩道身影在暮色中交錯。

魍獸原本想將尖牙扎進八尋的左臂。

然而，魍獸的攻擊停在那裡。

連混凝土都能咬碎的魍獸下顎被八尋用手臂擋住了。沾在他肌膚上的鮮血硬化之後，像鎧甲一樣防禦了魍獸的尖牙。

這時候，八尋已將短刀換到右手。

「來吧，復仇的時刻到了……！」

八尋呼喚似的對染血刀刃細語後，就將短刀捅進魍獸的側腹。

相較於魍獸龐大的身軀，刃長未滿十五公分的鋒刃實在太薄而有欠可靠。就算插入的短刀深達根部一帶，充其量也才貫穿魍獸肥厚的表皮而已。

結果，魍獸肉體產生的變化卻很劇烈。

以短刀刻下的傷口為中心，漆黑肉體冒出裂痕。

透過魍獸的血管，裂痕逐步往全身蔓延。彷彿血液裡被摻了毒素，使得毀壞的現象漸次擴大──

魍獸發出痛苦的咆吼。它那瞪著八尋的雙眼蘊藏著憤恨的凶光。

然而魍獸的抵抗也就到此為止。

被裂痕覆蓋的四肢支撐不住漆黑的龐大身軀，因而像脆化的石膏像一樣折毀斷裂。

不久魍獸的全身便粉碎潰散，化為灰當場瓦解。

八尋用毫無感情的眼神望著那一幕。

他將完成任務的短刀收回鞘裡，順手摸了摸染血的右肩。

受重創的肺葉、理應碎裂的肩骨，還有險些斷掉的右臂都早就再生完畢。

沒有任何一處留下傷痕，唯獨破掉的衣服染了血跡，勉強還保有受傷過的跡象。

險些斷掉的手臂還在身上，再生也就相對迅速。

然而，那不代表沒有手臂就無法再生。

八尋不會死。他死不了。

即使傷勢嚴重得足以使人當場喪生，即使失去了全身的一半以上，八尋受到詛咒的肉體仍不容絕命，所有內臟器官都會重組使他復活。

這就是四年前的下雨天，在成為廢墟的城鎮，八尋能獨自存活的理由。

八尋撿回目標物以後，來到建築物外頭。

在暮色當中，遭棄置的廢墟城鎮始終空無一人，開闊直達地平線彼端。

巨大鐵塔從中截斷，呈現出猶如化石的慘狀。

以往被稱作東京天空樹的鐵塔。

季節是在夏天。

名為日本人的民族滅絕後，第四次迎來的夏天。

如今，八尋仍一直徘徊於這座城鎮。

01
Corpse
Reviver
Presented by
MIKUMO GAKUTO
Illustration
MIYUU
Cover Design by Fujita Shunya
(Kusano Tsuyoshi Design)

THE HOLLOW
REGALIA

第一幕 亡者復甦

THE HOLLOW REGALIA

CHAPTER.1

1

『——嗚汪～～！大家早安，我是伊呂波和音。』

『感謝大家今天也來看我直播。依舊持續好天氣呢。目前，我家氣溫居然到了三十三度！哎～～難怪會覺得熱，請大家也要對中暑等症狀提高警覺喔。』

『……話說熱成這樣，感覺要唱歌跳舞實在有困難，所以嘍，我今天打算待在室內做料理，是的，我想試著做所謂的和式料理。』

『別看我這樣，其實呢，我還滿擅長烹飪的喔。不不不，我說真的，沒有騙你們！那麼，事不宜遲，我打算來煮一鍋馬鈴薯燉肉！』

†

那間店悄悄地座落於江戶川東岸的廢棄大廈群空隙。

經銷來路不明的進口雜貨，光看就顯得可疑的商店。

店裡坐著一名矮個子的老人——身穿花襯衫的墨西哥人，他正一邊抽著變短的雪茄，一邊翻閱已經褪色的日本漫畫雜誌。

「我回來啦，艾德。」

八尋擅自走進店裡，還把運來的行李甩到店老闆看顧的櫃台上。那是一只尺寸幾乎與八尋同高的細長桐木盒。

「你一個人嗎，八尋？委託者帶來的那群護衛怎麼了？」

店老闆艾德——艾德華．瓦倫傑勒依然將漫畫雜誌攤開在手上，嫌麻煩似的朝八尋的臉瞥了一眼。

「護衛？那叫跟監人員才對吧。」

八尋冷冷回答後，從口袋裡掏出了銀色金屬片——不鏽鋼製的識別證（Dog Tag）。那是八尋從在旁監看的傭兵脖子上扒下帶回來的遺物。

「嗯，都死了啊。」

艾德用毫無感情的語氣說道。

二十三區屬於危險地帶，踏進其中的人會死並非鮮事，更遑論外來的傭兵。幾年來都在二十三區進進出出，還能活命到現在的八尋反而稱得上異常。

「我們受到了魍獸襲擊，長得又黑又像狗的大傢伙，地點在千住的警察局附近。」

「原來如此。」

艾德細心地寫下八尋的說明，並將筆記貼到牆壁的地圖上。

可靠的魍獸情報很有交易行情，更重要的是知道情報與否將會大幅影響生還率。對艾德來說，出現在二十三區的魍獸情報比那些傭兵的死法更加寶貴。

「所以呢，目標物怎麼樣了？」

「你要的是這玩意兒吧。因為它沒有收藏在博物館那種簡單明瞭的地方，找起來費了不少工夫。」

八尋指了指自己帶來的行李。

艾德隨手打開桐木盒。當中有一柄日本刀，而且用刀袋裝著收在桐木盒裡。

從刀袋裡亮相的日本刀長度比照打刀鍛造而成，是足以成為博物館典藏的古物。

「國寶『九曜真鋼』啊……嗯，看來這似乎是真貨。」

艾德瞥向桐木盒底的註記文字，然後滿意似的笑逐顏開。以毛筆留下的那道字跡在八尋看來只覺得像鬼畫符。

「虧你看得懂那些字。連我這個日本人都看不出那寫的是什麼。」

「這還用說。要不然，我哪當得了藝品商人。」

「藝品商人啊。」

八尋聽了艾德自誇般的發言，便忍俊不禁。

從化為無人廢墟的東京將有價值的藝品搬運出來，再銷售給海外的附庸風雅之徒。艾德就是藉此維生。這工作實在沒有高尚得可以用藝品商人一詞稱之，頂多叫拾荒人，再不然也該說成趁火打劫。

「有什麼不滿嗎？」

「不。只要你肯付錢，我就沒意見。」

八尋自嘲似的搖了搖頭。他的工作就是受艾德之託進入二十三區，並且將藝品實地撿回來。換句話說，相當於趁火打劫的承包者。

八尋對於將自國藝品銷往海外一事並無內疚感。滅亡的國家徒留財寶也只是顯得滑稽。

「報酬啊，我會付的。這當然。」

艾德從抽屜拿出了鈔票，隨手擺到八尋面前。用橡皮筋束起的骯髒美元紙鈔，張數並不少，金額卻沒有期待的高。連數都不用數，一看就知道未滿一萬美元。

「這不是五萬的差事嗎？」

「要扣掉所謂的仲介手續費啊。」

八尋一臉不滿地質疑，艾德就毫不慚愧地告訴他。

「與委託者交涉，還有鑑定藝品。無論做什麼都要錢，情報也不是免費的。」

「就算這樣，仲介抽成抽得比我拿的報酬還多是什麼狀況？你不就只是待在舒適的店裡，還專看那些無聊的漫畫嗎？」

「被評為無聊可就令人心寒了。提到日本的漫畫雜誌，只要買家識貨，就可以賣個不錯的價錢。給你瞧瞧我的寶貴收藏，這是《所羅門之吼》連載前的單回完結版。」

「我要談的不是那個。基本上，連你拿的那本漫畫雜誌也是我踏進二十三區賭命撿回來的吧。」

八尋不耐煩似的壓低聲音。

艾德格外悠然地吐出雪茄的煙，然後賊賊一笑。

「有意見的話，下次你該找其他業主接委託。前提是除我之外，還有其他好事分子肯僱用身為日本人的你。」

八尋的手裡傳來聲音。那是不鏽鋼製的識別證無法承受他的握力，因而折斷的聲音。扭曲變形的識別證被八尋砸在櫃台。

艾德誇張地當面聳了聳肩，彷彿有「噢噢，真嚇人」的含意。

「要錢的話，你改接黑社會的差事如何？千葉的販毒集團（Cartel）正在找身手夠好的保鑣，憑你的實力可以大賺一筆。」

「我不打算接殺人的差事。假如要殺的目標是你，那我倒可以考慮。」

八尋用不悅的口氣撂話。艾德則是無奈地嘆道：

「原來日本人不懂知恩圖報的道理。」

「你削了我好幾次，還敢講什麼知恩圖報的屁話。」

八尋粗魯地撂話，然後抓起擺在櫃台上的成疊美鈔。他大剌剌地直接把鈔票塞進腿掛包裡面。

「……關東圈的民營軍事公司都在招納戰力，販毒集團會繃緊神經也是因此所致。照這樣看來，二十三區於近期內將有大動作。」

艾德朝著默默往店外走的八尋背後喚了一句。

八尋停下腳步回過頭。

「大動作？」

「具體內容不清楚。假如你把那筆錢留下來當情報費，我倒可以代為調查。」

「誰要啊。那種事跟我沒關係吧。」

「但願如此。有傳聞顯示，某群人似乎到處在打聽出沒於二十三區的拾荒人是誰。你最好也要當心。」

艾德用漠不關心的語氣講完，就再度翻起漫畫雜誌。
民營軍事公司正在調查關於拾荒人的事——艾德這句話警告了八尋。確實是一項令人介意的情報。
話雖如此，八尋無意為此感謝艾德。原本八尋還覺得自己領到的報酬莫名少，看來艾德是事先扣了提供情報的傭金。光是艾德肯跟身為日本人的八尋正常交易，倒也可以說他尚有商德——
臭老頭，早點歸西吧——八尋在內心暗罵以後，便從店裡離去。

2

據說事情始於單單的一顆隕石。
直徑不滿四百公尺的小小岩塊。被取名為「惡龍(Vrtra)」的那顆小行星好似在嘲笑樂觀的天文學家們，再三改變本身不規則的軌道，衝進了地球大氣層。它潰散成無數碎塊，灑落在日本列島。
隕石墜落時的衝擊最高可匹敵芮氏九．一級的大地震。墜落點中心形成了直徑達數公里的隕石坑，更為日本全土帶來毀滅性的災害。

然而悲劇並沒有就此結束。

隕石衝突的影響讓地殼變得不穩定，導致火山活性化。包含富士山在內的幾座火山同時出現了大規模爆發。

火山礫與碎屑流，還有大量火山灰導致日本國內的交通完全癱瘓。

顛覆既有生物學常識的凶猛怪物於各地大量出現則是隨後發生的事。

外表像神話中的怪物，後稱魍獸的異形生命體——

它們毫無區別地攻擊、吞噬眾人，摧毀了城市。

連打獵用的散彈或步槍彈都奈何不了魍獸，別說要警方對付，甚至自衛隊在它們面前也顯得無力。由於隕石墜落陷入混亂狀態的日本政府至此完全喪失作用。據說在魍獸出現後一週內，日本國民便喪失了總人口的半數。

當然，國際社會對這樣的慘狀並未袖手旁觀。

世界各國都有安排善款與援助物資，國際緊急救援隊更開始準備派員前往。

如此的報導讓受挫於悲劇的眾多日本人為之振奮。如同日本至今數度經歷過的那樣，這個國家將從前所未有的災害中復興，縱使得花費時間，自己這些人遲早會取回原本的日常生活吧。任誰都懷有這種毫無根據的期待。

緊接著，異變發生了。

毫無任何前兆，卻又像事先已經合謀，全世界的政要人物、國家元首以及宗教領袖都對民眾下達了命令。

他們號召：殺盡日本人；他們鼓吹：務求殲滅。

大殺戮（Genocide）——「狩獵日本人」自此而起。

殺戮的連鎖在轉眼間遍及全世界，各國軍隊迅速展開對日本的侵略。

大殺戮的目的、大義名分各有不同。

聯合國表示隕石上附有病毒，因此這是為了防阻疫情爆發所採取的緊急措施；另外也有幾個國家主張被逼到絕境的日本人正在策劃大規模恐攻行動。

還有不少宗教家指稱日本正是啟示錄所載的巴比倫大淫婦，是汙穢靈魂的巢窟。

當中最具影響力的說法——則是將魍獸解讀成日本政府暗中研發的生物兵器。

並非沒有人對那些言論感到疑問，但他們發出的聲音未被廣泛採納。結果，人們就發了瘋似的憎恨、恐懼日本人，並將其殺戮殆盡。

名為日本的國家在狂亂之中毀滅，旅居海外的少數日本人同樣蒙受毫不留情的暴力而陸續殞命。

不久，隕石墜落造成的自然災害趨緩平歇，大殺戮也同時終結。

那是從小行星惡龍墜落算起約莫半年後的事。

其間的犧牲者總數超過一億兩千六百萬人——

日本人就此滅絕了。

3

『——嗚汪～～！午安，我是伊呂波和音！』

『感謝大家今天也來看我直播。立刻進入正題吧，不曉得你們注意到了嗎，從今天起，我的服裝居然換新了。沒錯，這是新服裝！我高興得忍不住想吹口哨呢！』

『所以嘍，說到這套新服裝，感覺是不是比之前暴露一點點？滿讓人害臊的耶。我覺得好難為情。算了，反正是夏天嘛！』

『呃，老實說，之前那套服裝啊，胸圍的部分已經變得有點緊，我還怕自己會不會一鬆懈就讓胸部彈出來……不、不是的！我沒有發胖！只是發育了而已！』

†

利用常磐線的鐵橋步行橫越江戶川，然後踏進被封鎖的隔離地帶。

靠近金町車站故址的私立大學廢棄校舍。八尋的窩就在那裡。

為了大殺戮派兵到日本的國家超過三十國，當中有八國至今尚駐軍於此，並且對日本全國進行分割統治。

不過應為被占領國人民的日本人已經滅絕，所以人口密度極低。

占領軍駐留的地方只有主要港灣及大都市，日本列島大半處於無政府狀態而遭到擱置，變成了國際恐怖分子及犯罪者橫行的無法地帶。

然而，有塊地方就連那些犯罪者都鮮少涉足。

那正是二十三區——過去被稱為東京都區部的區域（Area）。

日本政經的核心地帶。以往的首都會被指定為隔離地帶的理由很簡單，因為跟別處相比，這附近的魍獸出現率高得出奇。

況且凶猛危險的魍獸個體多有所在，其比率會隨著接近都心提高。

從大殺戮過了四年，如今都內的建築物仍遭受棄置且保有原樣，因而留存了許多藝術珍藏或工藝品，未經人手。

人類到現在依舊支配不了的魍獸棲息圈。

正因如此，八尋才會在那裡寄居。只要待在二十三區內，既不會遭受強盜侵襲，也不會被小偷闖空門。

被魍獸攻擊的話，動手宰了它們就好。可是，八尋面對人類便無法想得那麼單純。

禁止殺人的國家滅亡了，會怪罪八尋的人也不復存在。即使如此，他認為要是跨過了殺人這一道底線，自己將失去身為日本人的最後依據。

當然，這種想法純屬感傷。八尋知道那不過是自我滿足。

但他也覺得由死不了的自己奪去他人性命是不公平的。

所以八尋不殺人。

以免忘記自己身為日本人，而且曾是個人類。

「哎，嚴格來講，非法入侵民宅或竊盜也都是社會難容吧。」

那些罪過就別向我追究了啦——八尋一邊擅闖無人的大學校地一邊漫無對象地嘀咕。

在空曠的教室裡獨處會覺得無所適從，因此八尋主要是住在供研究所學生使用的狹窄研究室。他把行李扔在代替床鋪的沙發上，然後動手張羅只有罐頭儲糧、巧克力配礦泉水的簡陋晚餐。

拜託艾德的話，無論要肉或魚都吃得到，何止如此，他應該連剛烤好的麵包都可以幫忙採購。可是八尋不打算嘗試那種蠢事，誰曉得會被削掉多少錢。

八尋之所以把大學校園當成據點，是因為建築物設置的太陽能發電系統還有作用。雖然太陽能發電板多半已經受損且性能低落，八尋仍然能取得自己一個人用不完的電力。

八尋啟動趁白天完成充電的改造智慧型手機，駭入軍用的數位通訊網。以往的八尋對駭客技術根本一竅不通，然而孤伶伶地被留在這座城市，多得是時間讓他進修。他使用專門的工具入侵迴路，透過駐留於北關東的加拿大軍方的伺服器，與海外影片串流服務連上線。

想看的頻道立刻就找到了。

八尋的改造手機畫面映出了頭戴假髮附獸耳的美少女臉孔。

『——嗚汪～～！大家晚安，我是伊呂波和音！』

『感謝大家今晚也來看我的直播。入夜以後總算變涼快了呢～～……話說，蟬有夠吵的！大家沒受到干擾吧？聽得見我的聲音嗎？請回答～～！』

聽見亂帶勁的固定問候詞，八尋就放鬆表情笑了出來。

銀髮綠眼，令人聯想到偶像或動畫角色的奇特服裝。這名自稱伊呂波和音的少女是在網路上發布自製影片的業餘直播主（Streamer）之一。

影片內容以閒話家常為主。

另外，她也會直播自己下廚的過程，偶爾還有自彈自唱與舞蹈的表演。

基本上，她發布的影片內容並不算多有趣。

除了直播主本人臉蛋好看，別無值得一提之處。

談吐跟隨處可見的一般人相同調調，廚藝充其量等於常人水準。運動神經或許還算不錯，因此舞跳得意外地好，但歌喉就慘烈了。

當然，影片播放數都沒有起色，能到三位數便不錯，大多的影片都播不到幾十次就乏人問津。

即使如此，她那些影片對八尋來說仍有獨到的地方。

因為她的直播都是「以日文進行」。

伊呂波和音是日本人，要不然就是與日本關係深厚的人物。

她為了已經滅絕的日本人，正在用滅亡的國家的語言講話。

當然，或許那單純是在營造形象。這樣的可能性高多了。或許伊呂波和音這名人物並非實際存在，只是某人懷著惡意冒稱日本人。然而，八尋覺得就算這樣也無所謂。

畢竟從她口中能聽見懷念的語言，除了自己以外尚有日本人存活的幻想一直讓八尋獲得救贖。

『那麼，今天我想回應大家寄過來的問題。第一則留言來自這位！東京都的捌巡！感謝你平時的支持！』

「！」

八尋聽見直播主唸出的名字，就稍稍握拳叫好。捌巡是八尋在網路使用的化名。和音在節目裡選中了八尋寄出的留言。

『捌巡先生，你提到自己現居東京，請問這是真的嗎？我在設定上也是住在東京，那我們住得很近呢。假如彼此能見到面就太令人高興了……所以嘍，今天的第一個問題是——』

八尋把臉湊向改造手機，緊盯著直播的少女。

然而，八尋沒能聽見和音的下一句話。因為突然有槍聲響起，蓋過了她從手機喇叭傳出的說話聲。

「……啥？」

霎時間，八尋愣住似的抬起臉，而在下一刻，他就反射性地抓起短刀衝出房間。槍聲到現在仍響個不停，是從中庭方向傳來的。

「怎麼有人類跑來這種地方……！」

說來當然，魍獸不會使用槍械。有人類踏進了這所大學的校地，八尋自然就認為是有人不慎誤入二十三區，遭到魍獸襲擊。

入侵被封鎖的隔離地帶會遭受魍獸襲擊當然是自作自受，八尋沒理由出手相救。但入侵者要是死在離自己這個窩沒多遠的地方，他也實在吃不消。若有大群魍獸被血味吸引聚集過來可就麻煩了。

八尋踹開鎖已經故障的門，衝到中庭。隨後，他訝異地停下腳步。

「唔喔！」

只見人類的身體飛過了八尋眼前，並且撞上牆壁。那是個穿防彈背心的高大男子。碎裂的窗戶玻璃聲勢浩大地灑落，男子滿身是血倒在地上。

「啊，鳴澤八尋！」

茫然杵在原地的八尋被喚了名字。

看似東方人的年輕女性，是個身穿無袖旗袍的嬌小少女，造型不對稱的黑髮挑染了亮眼橘色。

年齡恐怕與八尋屬於同輩，看起來大概十五六歲。身上裝扮輕便得難以相信她是在二十三區活動，也沒攜帶算得上武器的武器。然而穿防彈背心的男子無疑就是被這個少女用近似合氣道的奇妙格鬥技摔了出去。

防彈背心男將手上緊握的SMG（衝鋒槍）轉向少女。

「混……帳……！」

頭髮挑染了橘色的少女看見槍口，表情也沒有改變。趕在男子扣下槍械扳機之前，有槍聲早一步從別的地方傳來。男子右手腕被轟飛，因而發出潰不成聲的慘叫。

開槍射他的人，是另一名長相與橘髮少女完全一樣的少女。

大大的眼睛令人聯想到性情隨興的貓咪，端正的臉孔超然脫俗。兩人的容貌酷似，即使是姊妹也不會如此相像。

只有單側頭髮較長的不平衡髮型也一樣，兩個人剛好呈現左右對稱。

不過，唯獨髮色有差異。第二名少女是挑染成藍色。

她們身上穿的旗袍顏色也與各自的髮色相同。

藍髮少女將左右手拿的手槍各開了一槍。

感覺她並沒有時間瞄準，槍法卻十分精確。有兩名男子被射穿眉心，手上還拿著槍就倒地沉默了。

「小珞，他在喔。鳴澤八尋。」

橘髮少女朝長相相同的少女揮了揮手。

被稱作小珞的藍髮少女將手槍收進大腿上的槍套，一邊接近過來。這似乎表示她對八尋並無敵意。

「鳴澤八尋。你是鳴澤八尋對不對？沒錯吧？哦～～真年輕……眼神凶歸凶，臉還算可愛，而且散發著一絲有趣的氣息。」

橘髮少女從正面注視八尋，還用鼻子出聲嗅了嗅。

隨時能拔出武器的八尋握著短刀，默默地回望她。

八尋在腦中拚命思考。她們為何來到這裡？為何會知道八尋的姓名？她們的目的是什麼？還有，她們是敵是友——

「突然就帶著一群人湧進這裡，我向你致歉，鳴澤八尋。」

藍髮少女靜靜地說道。

兩人臉孔相同，眼神各自給人的印象卻恰恰相反。橘髮少女像充滿好奇心的小貓，相對地，藍髮少女眼裡就沒有反映出任何情緒。

「妳說湧進這裡……這些傢伙到底是什麼人啊？」

「受僱於某一方民營軍事公司的戰鬥員（Operator）吧。看似是跟蹤我們而來，想必是為了阻止我們與你接觸。」

「民營軍事公司的人，怎麼會……」

八尋板起臉孔反問。在他的腦海裡浮現了白天艾德提出的警告。

民營軍事公司正在調查拾荒人——他所說的話在當天就應驗，感覺不會純屬巧合。八尋不免懷疑，那個男的從一開始就知道事情將演變至此。

「這個嘛……」

藍髮少女原本想回答八尋的問題，卻忽然瞇眼拔出手槍。

接著，她將槍口指向已經倒地的男子——起初被橘髮少女摔出去的防彈背心男。

「嗚澤……八尋——……！」

男子以冒血絲的眼睛瞪著八尋，口中則發出吶喊。他的肌肉呈現異常隆起，使防彈背心從內側迸開。

「原來他還有意識。」

藍髮少女扣下扳機，毫不留情地將子彈射向男子的眉心。精準如機械的射擊。貫穿力出色的九毫米子彈穿透男子的頭蓋骨，對腦部造成致命傷害——不，本應會致命才是。

「噢噢噢噢噢噢噢噢噢噢噢！」

男子的動作卻沒有停下。他自己流出的血沾染全身，並帶著喜悅之色開口咆哮。雙眼炯亮發光的男子直瞪著八尋。

「這傢伙……怎麼搞的……」

八尋本能感到恐懼，因而拔出了短刀。男子目前的模樣在生理上造成的厭惡感等同於魍獸——或者更甚。

「F劑——！」

藍髮少女將目光停在男子的頸根。他的左側頸動脈上頭扎著一支直徑約五公分，樣似針筒的圓管。

圓管裡封藏著如紅酒的深紅液體，其中有大半已經注射到男子體內，並賦予他異常強韌的生命力。

「小珞，妳後退！對方是法夫納兵！」

橘髮少女猛然蹬地躍起。她靈活運用嬌小的身軀扣住男子的手臂，再順勢以全身體重往違背常理的方向扭。

令人不適的聲音響起，男子的左臂折斷了。

然而，男子對這樣的痛不屑一顧，還用折斷的手臂將橘髮少女摔飛。

「茱麗——！」

藍髮少女尖叫出聲。

「嚇我一跳……！」

橘髮少女像貓一樣在半空中翻了跟斗踏定於牆，接著就若無其事地落地，與染血男子拉開距離。

男子看都不看少女就將理應斷掉的左臂舉向頭頂。聽似骨頭碎裂的聲音一連響了幾次以後，他的手臂逐漸變成扭曲的形狀。為硬鱗所覆，還長出刀一般的尖刺的模樣，讓人聯想到巨大爬蟲類的前肢。

「這玩意兒厲害……好強的力量……！只要有這種力量，連魍獸都殺得了……！」

男子將長出鉤爪的手指握拳，咧嘴露齒笑了起來。然後，他突然把滿懷殺意的視線轉向八尋。

「臭小子……你那是什麼氣味……！」

男子以沙啞難辨的嗓音低吟之後，就朝著八尋縱身躍起。其動作超出人類肌力的極限，讓八尋來不及反應。

男子伸出左手鉤爪，在八尋的左胸撕開了一大道傷口。然而淋到八尋濺出來的血，痛苦得放聲大叫的是男子。

「我懂了，你是拉撒路……拉撒路～～～～———……！」

「唔！」

男子的鉤爪再次朝八尋來襲。

八尋徒手擋下那波攻擊。他靠肌肉的力量將貫穿自己手臂的鉤爪固定住，制止男子的進一步行動。接著，八尋將用染上自己鮮血的短刀捅進男子的肩膀。

「吼喔喔喔喔喔喔喔喔喔喔喔！」

男子吐出了宛如野獸的哀號。他想強行將插進八尋手臂的鉤爪拔出，就胡亂揮起肥大化的左臂。

可是，其結果對八尋來說也出乎意料。男子的左臂從肩膀鬆動脫落，留下了枯木折斷般的清脆聲響。

「什……！」

八尋與男子同時發出驚訝之聲。

彼此互扯造成反作用力，使他們倆直接往後倒下。八尋一邊在地面打滾一邊急忙重整姿勢，並且反射性地舉刀備戰。接著他詫異地倒抽一口氣。

「這點把戲……就這點把戲……噫噫噫噫噫噫！」

男子的身軀融化了。本就高大的肉體膨脹成原來的三倍以上，還化膿似的變為混濁的黑色。

控制不住細胞脫序增殖的他已經無法保有人型。彷彿氣球灌飽撐爆，男子從全身噴出腐汁爆體而亡。

與其稱為死，感覺用「消滅」一詞更符合如此壯烈的末路。

八尋依舊動彈不得，只能茫然望著這幕景象。
化為廢墟的大學校地內再次回歸寂靜。
八尋感受到背後有人的動靜，就緩緩地吐了氣。他將刀刃受損的短刀收回鞘，站起身。
回頭望去，八尋與兩名少女對上視線。兩個人即使站在一塊做比較，仍著實相像。
「妳們應該能為我說明吧？」
八尋用壓抑著焦躁的口氣問道。
「是啊，當然了。我們就是為此而來的。」
藍髮少女這麼說完，嘴邊露出了皮笑肉不笑的優美笑容。

4

「慢著，茱麗，先確認有沒有陷阱——」
「不要緊啦。妳看，門都沒有上鎖啊。打擾了～～我們自己進去嘍。」
領路的八尋還來不及制止，橘髮少女就踏進研究室裡頭。
她看了一圈染上生活氣息的房裡，發出「噢噢」的感嘆聲，興趣濃厚似的睜圓眼睛。

「欸欸欸，鳴澤八尋，這個可以給我嗎？看起來好好吃！」

橘髮少女一臉興致勃勃地探頭看向八尋準備當晚餐的罐頭。烤雞肉罐頭，醬汁口味。在非日本人看來，那或許確實是稀奇的食物。

「隨妳高興吧。」

八尋用敷衍的口氣回答，然後將戶外用餐叉遞給她。

「還有，妳們叫我八尋就好，不用連名帶姓。」

「是喔。那你也叫我茱麗就好，小珞就叫小珞嘍。」

「……麻煩你至少叫我珞瑟。」

藍髮少女一面嘆息一面用不情願似的嗓音更正。茱麗與珞瑟，姊妹倆的關係在短短互動間就能窺知一二。

「我們是比利士藝廊派來的——生意人。」

珞瑟朝保持警戒的八尋報上來頭。

八尋微微蹙眉。藝廊一詞應該就是指經銷藝術品的地方。

「藝廊……所以妳們是藝品商人（Art Dealer）？」

「說得沒錯。起碼對外是如此。」

「對外……是嗎？」

講話真老實——八尋不禁笑了出來。簡而言之，她們跟艾德屬於同類，負責把日本國內留存的古董或藝術品銷往國外，從事的是見不得光的工作。

既然如此，她們會踏進二十三區來見八尋的理由也就可想而知了。

「我是珞瑟塔．比利士，那邊長得既美又可愛的是我的雙胞胎姊姊茱麗葉。我們來找你是要委託你回收商品，委託你這位熟知二十三區的拾荒人。」

「呃，妳說長得既美又可愛……」

妳的臉也跟她一樣吧——八尋克制住想吐槽的情緒，然後吐了口氣。

「回收商品？」

「是的。」

「為什麼要委託我這種角色？拾荒人還多得很吧？」

「理由之一在於你是倖存的日本人。要取得我們所求的商品，我認為必須借助日本人的能力。」

「所以我負責解日文的機智謎語就行了嗎？」

八尋用狐疑的眼神回望藍髮少女——珞瑟塔。

當絕大多數的國民都滅絕時，日本這個國家就滅亡了。傳統文化及語言從此失傳，留下的工藝品與文物只會一昧流向國外。如今日本人的存在價值不會比瀕臨絕種的生物高。

在這種局面下，若有需要刻意向八尋徵求協助的場面，能想到的頂多是有特殊暗號除日本人之外無人能解。

「哦～～……原來你擅長解機智謎語啊。好厲害～～！」

橘髮少女──茱麗葉眼睛閃閃發亮地朝八尋望過來。

她那意料外的反應讓八尋心生尷尬地說：

「我並不擅長啦，說說而已。」

「咦～～……什麼嘛，真沒意思。」

茱麗像鬧脾氣的小孩一樣鼓起腮幫子。

八尋予以無視後又轉向珞瑟那邊。

「另一個委託我的理由是？」

呵──珞瑟壞心地微微笑了笑。

她的眼睛正靜靜地盯著八尋襯衫胸前的破洞。那部位就是被男子用所謂的F劑變成怪物後撕開的。破洞底下理應留著傷口，如今已消失得毫無痕跡。

「因為你是不死之身──『不死者（拉撒路）』鳴澤八尋。」

「！」

她的話形同一記冷槍，讓八尋反射性地倒抽一口氣。

八尋立刻想裝得不以為然，但顯然已經晚了。

八尋並沒有能無條件信任的同胞或靠山，不死之身對他而言是唯一武器。

當敵人堅信將八尋殺掉的瞬間，肯定會心生鬆懈。那一瞬間對八尋來說就是反攻的最佳時機。八尋對上比自己高竿的強者，都是靠這種方式出奇制勝才能存活至今，無論敵人是魍獸或人類都一樣。

然而祕密一旦曝光，作為武器的效果就會減半。

所以，八尋始終隱瞞著自己的底細。

連老交情的艾德都不知道八尋的身體有這種祕密。即使有人半開玩笑地放話表示有日本人具備不死之身，也無法取信任何人才對。

可是從珞瑟的語氣聽起來，似乎已經篤定八尋就是不死之身。

「拉撒……路……？」

八尋複誦她提到的字眼。

沒聽過的詞，字音卻莫名令人在意。

「據說日耳曼神話的英雄齊格飛在殺龍後淋了龍血，遂獲得不死之軀……你又是用什麼方式成為不死者的呢？」

珞瑟微微歪過頭。

她隨口提到的弒龍者軼事讓八尋板起了臉。

珞瑟愉悅似的回望這樣的八尋，然後悄悄瞇起眼。

「希望你務必說來跟我們分享，八尋。」

5

「這好好吃耶，感覺可以下酒。你這裡沒有紅酒嗎？」

打破緊張氣氛的人是茱麗。她大口吃著烤雞肉，還自顧自地問八尋。

「沒那種東西啦。話說，妳未成年吧，喝水還差不多。」

八尋扔了瓶裝礦泉水給茱麗。大學裡為防災儲備的飲用水，目前存量仍然多得八尋一個人怎麼喝也喝不完。

茱麗別無怨言地將水接到手裡，還莫名得意地挺胸。

「噗噗～～很遺憾。在我的國家從十六歲就可以喝酒。」

「妳的國家在哪裡啊？」

「小珞，我們是哪一國的人？」

「比利時。雖然說設國籍只是為了圖個方便。」

珞瑟淡然說明。儘管珞瑟總是面無表情，望著姊姊的眼神卻很溫柔。連茱麗問了笨問題，她也會毫無怨色地仔細回答。

「然後呢，妳說的拉撒路又是什麼意思？」

八尋帶著緊張感全失的表情重新問珞瑟。

「那比喻的是死而復活者，我們為求方便才以其代稱，沒什麼特殊的含意。你讀過約翰福音——新約聖經嗎？」

「沒有。」

「我也沒有。」

被珞瑟一問，八尋跟茱麗都搖搖頭。

珞瑟沒想到姊姊會如此發言，一瞬間皺起臉。接著，她愉悅似的呵了一聲說：

「你沒否認自己是不死之身呢。」

「妳們就是知情才會來這裡吧。」

八尋帶著苦瓜臉回嘴。雖然不清楚其中緣由，珞瑟已經篤定八尋有不死之身。八尋判斷事到如今再掩飾應該也沒用。

「真可惜～～要是你否認，我就可以當場劃開你的喉嚨來證明即使這樣你也不會死。」

大啖美味烤雞肉的茱麗手裡握著餐叉，還忽然用尖端指向八尋。霎時間，八尋感到一陣涼意竄過背脊。

在茱麗完全停下動作前，八尋根本反應不過來。

她若認真動手，八尋已經死了一次。可是，茱麗刻意讓八尋領會這一點，就表示她至少在當下無意敵對吧。

八尋如此擅作解讀後，又繼續問珞瑟：

「誰向妳們透露了我這副身體的事？」

「『九曜真鋼』的回收任務──監視你的那些傭兵都是我們的部下。」

珞瑟用缺乏抑揚頓挫的口吻說道。

八尋掩飾不住內心的動搖而低聲驚呼。

擅自隨行跟監的兩名傭兵都是明顯瞧不起日本人的討厭鬼，然而八尋對於讓他們送命一事仍感到內疚。

「原來是妳們委託了今天的工作……」

「讓他們帶著的無人機有拍攝到你與魍獸戰鬥的景象，當中也包含你的肉體傷重足以斃命，又在極短時間內復原的模樣。」

珞瑟看似興趣濃厚地觀察八尋的反應。

另一方面，茱麗則依依不捨地望著吃光的烤雞肉罐頭說：

「我一直很期待跟八尋見面呢。傳聞無論拾荒的地點是多麼凶險，有個受了詛咒的日本人都能將東西帶回來。」

「那妳們打算找受了詛咒的日本人撿什麼回來？」

八尋沒好氣地反問。珞瑟簡短回答：

「櫛名田。」

「……櫛名田？」

「你有讀過古事記嗎？」

「麻煩妳，別期待義務教育讀到一半就亡國的人能有高文化素養。」

八尋鬧脾氣似的別開目光。姑且不提聖經，連日本文獻的相關知識都輸給她這個外國人，難免讓八尋感到有些屈辱。

大殺戮起自四年前，八尋就讀國中一年級的時候。

從那之後，八尋一直是孤伶伶地活到現在，自然不用期待他能有正常的教育水準。未燒燬的書籍中不乏自修教材，但進修外語及電工等實用技術才是第一要務，八尋根本沒空拿歷史書籍來讀。

「不過，我知道那名字。妳是說日本神話裡的女神吧。」

「沒有錯。那名少女是被選來獻祭八岐大蛇——八頭龍（Eight Headed Dragon）的巫女。」

「獻祭給龍……是嗎……」

八尋不自覺地繃緊臉孔。

珞瑟晃了晃斜斜剪齊的瀏海，若有深意地點頭。

「你知道二十三區被指定成隔離地帶的理由吧？」

「因為有魍獸出沒啊。」

「是的。二十三區內的魍獸出現率比其他區域高九十倍，即使相較於同樣被視為出現率高的京都或奈良，其數值仍接近十倍。」

「附帶一提，凶悍的個體也很多喔。光是對付一頭魍獸，就能讓正規軍的裝甲部隊搞到潰滅，這類噩耗從以前就常出現。」

茱麗一邊和氣地微笑，一邊點出聳動的事實。

從以前——話雖這麼說，也不過是短短三四年前發生的事。為壓制過去的首都東京，各國的主力部隊紛紛搶著殺進二十三區，造成莫大損害。

結果二十三區的區界遭到封鎖，還被指定為不屬任何勢力的隔離地帶。

「妳們知道這一點，還敢進來二十三區（這裡）啊。真有膽量。」

八尋傻眼似的嘆息。兩名嬌小的少女竟然連護衛都不帶，就踏進獸滿為患的二十三區，斷非理智之舉。

不知怎地，茱麗卻開心地扯開嗓門說：

「好耶，小珞！我們被誇獎了！」

「我不是在誇妳們啦！」

「的確，即使這一帶屬於二十三區的邊陲，若按照其他地區的標準依舊十分危險，但我與茱麗判斷要強闖並無問題。」

八尋因為挖苦的話被打發掉而板起臉，珞瑟便冷靜地向他主張：

「即使如此，就我們兩個也沒有打算入侵比這裡更深的區域。越是接近二十三區的中心地帶，出現的魍獸危險性越高。你說對吧？」

「是啊。」

八尋漠然點了頭。

即使同在二十三區內，接近多摩地區的舊杉並區及舊練馬區，或者面朝神奈川縣的舊世田谷區及舊大田區，魍獸的出現率就略低，頂多只有被稱作緩衝地帶的埼玉縣南部及千葉縣西部的十五六倍。

另一方面，若是接近都心，魍獸出現率便會飆升至百倍以上。

就連八尋這樣的拾荒人也鮮少起意闖入山手線內側，無論委託的酬勞再划算都一樣。無人能在目睹東京車站後活著回來，這並非經過誇大的傳聞，而是無比貼近事實的說法。八尋深知這一點。

「那就是我們來見你的理由，鳴澤八尋。」

「啥？」

「在舊文京區的東京巨蛋故址一帶，已確認有集體營生的魍獸族群出現。它們是由數個相異的種別集結成群，似乎在擴張支配的地盤範圍。」

「魍獸……集結成群了？妳是指種類不同的魍獸會一起生活？」

不可能吧——八尋茫然地搖了搖頭。

所謂的魍獸，個體各自超脫了自然界法則，全是無法歸類的怪獸。

除了一部分群體出沒的魍獸，就連相同種別的魍獸都鮮少一起出現。八尋沒聽過魍獸會集結成大規模的族群，更別說由異種組織而成的族群。

然而，珞瑟平靜地繼續說道：

「在它們的團體中，似乎有領導整支族群的領袖存在。」

「妳之前提到的櫛名田，就是那個領袖的名稱嗎……」

「沒錯。」

藍髮少女對八尋所說的話予以肯定。原來如此——八尋將嘴脣閉成一線。

如果珞瑟所言屬實，被稱為櫛名田的個體就有莫大價值，自稱生意人的她們會表示有興趣也就能讓人理解。

「我們不清楚櫛名田是靠什麼手段讓那些魍獸服從的，不過要是能解析出它用的方法，管控魍獸的技術便有可能藉此成立。」

「妳說的意思是要讓人類有能力支配魍獸？聽起來會是一筆大生意。」

八尋語帶挖苦地撂了一句。然而，珞瑟沒有否定他說的尖酸話。

「如果對這樣的事態坐視不管，或許櫛名田率領的大群魍獸遲早會反過來對人類構成威脅。」

「對人類構成威脅……是嗎？」

八尋從鼻子微微哼聲。他不認為珞瑟的想法是杞人憂天。

魍獸是危險的怪物，即使如此，魍獸之所以沒有對全人類造成威脅，有很大因素是出自它們往往只會單獨現身的特質。只要不踏進魍獸的棲息區域，它們很少會主動來侵襲人類。所以聯合國在封鎖二十三區之後便感到滿足了。

可是當魍獸形成族群，事態將隨之改變。

魍獸之間若不相爭，它們的絕對數量自然就會增加。

目前尚未確認魍獸是否會跟既有的生物一樣進食，然而並沒有地方能找到保證，它們不會發生食物短缺的狀況。

假如二十三區內的食物短缺，它們將向外尋求獵物是不證自明。

而且，它們渡海威脅他國的可能性也並非為零。

要趕在那之前捕獲櫛名田，以邏輯而言不算奇怪。既然知道櫛名田的能力將會成為財源，以動機來講更是充足。

「妳們總不會想派我去把那個叫櫛名田的鬼玩意兒抓回來吧？」

「你辦得到？」

八尋戒心畢露地反問，茱麗便用滿懷期待的表情仰望他。

「怎麼可能辦到啊。聚在舊山手線內側的那些魍獸原本就已經夠凶猛了，我一個人哪對付得了它們全部。」

「我想也是。」

雙胞胎中的姊姊看似失望地聳肩。

「我們也沒有打算託你一個人將櫛名田帶回來。」

雙胞胎中的妹妹用正經八百的語氣說道。

「兩天後，大型軍事企業『萊馬特』將出面主導捕獲櫛名田的作戰行動。屆時我們比利士藝廊預計也會參加作戰，所以——」

「八尋，我們想拜託你帶路。」

茱麗中途打斷珞瑟的說明，還使壞似的笑著把話接下去。

「帶路？」

八尋的眉心擠出了皺紋。帶路並不是拾荒人的工作，既然她們能隨意動用ＧＰＳ或無人機，想必也用不著找人帶路。

珞瑟彷彿看穿了八尋有這樣的疑問，就微微搖頭說：

「捕獲櫛名田的作戰會由受僱於萊馬特的四間民營軍事公司聯手合作。儘管作戰是以相互協助為前提，但指揮系統各自獨立，各公司的部隊都將獨斷行動。」

「簡單說呢，想得到櫛名田就是先搶先贏。」

茱麗那雙令人聯想到貓咪的大眼睛浮現了好鬥的神采。

即使號稱聯手作戰，實際參與的仍是民營軍事公司的員工及承包人員。對他們來說各自隸屬的公司或雇主利益才是第一優先，為此應該也會不惜跟同盟成員搶功。

「你入侵二十三區的經驗豐富，理應知道魍獸遭遇率較低的安全路線，對於魍獸的特質及弱點應也知之甚詳。請你運用那些知識帶我們藝廊的部隊到櫛名田的地盤，趕在其他公司的部隊之前。」

珞瑟終於講明她們本來的目的。

八尋不僅有拾荒的實際成績，又身為日本人，更熟悉大殺戮發生之前的東京地理。諸如以日文寫成的標誌或招牌等容易被他國人錯失的資訊，八尋全都能加以活用。若要找嚮導帶路，應該沒有比八尋更適任的人選。

由此也釐清了為何珞瑟她們來找八尋會被民營軍事公司的戰鬥員攻擊。因為其他競爭的公司並不樂見比利士藝廊獲得有能力的嚮導。

如果珞瑟她們今晚沒有來這裡，八尋反而有可能在一無所知的情況下就遭到那些戰鬥員殺害。但是——

「不好意思，我要拒絕妳們。我沒辦法對他人的性命負起責任。」

八尋斷然拒絕了珞瑟的委託。

「既然妳們是白天那些跟監人員的雇主，應該也能理解吧。我只是剛好具備不容易死的體質，並沒有強到能保護其他人免於魍獸的威脅。要把妳們平安帶到二十三區的中心地帶，我可不敢空口打這樣的包票。」

「假如你是指白天喪生的那兩個人，請不用放在心上。無視你的指示還輕忽魍獸危險性，那是他們自己的疏失。」

珞瑟以平淡的語氣說道。即使她有意袒護八尋，發言的內容仍顯得冷漠無情。

茱麗大概是想替這樣的妹妹打圓場，就托著腮幫子苦笑。

「我倒是交代過他們，並不用從頭到尾緊跟著你……誰教他們發現留在二十三區的財寶就起了貪念。」

「關於我們倆的生死，你也不需要感到有責任。倘若遭遇危險，你大可獨自逃走。但是，如果你不肯接下這份帶路的工作，我們的生還率肯定會下降一些。」

珞瑟淡然說得像是事不關己。

八尋似乎懾於她的氣勢而語塞了。

藍髮少女說的是事實。八尋沒有強得能保護她們免於魍獸的威脅，卻可指出安全的路徑。貢獻再微薄還是可以提升她們的生還率。

即使如此，她們的作戰依舊是有勇無謀。就算一萬分之一的生還率變成了兩倍或三倍，感覺也沒有多大意義。

「無論妳們怎麼說都一樣，我不打算接下那種凶險的工作。」

八尋口氣毅然地斷言。他暗自希望用這種方式拒絕，可以讓她們倆就此打消捕獲櫛名田的念頭。

然而，珞瑟的回答出乎八尋預料。

「即使我們給你的報酬是關於鳴澤珠依的情報也一樣嗎？」

「妳說……什麼？」

八尋一陣毛骨悚然，彷彿體驗到了全身血液都隨之逆流的滋味。喉嚨僵硬，令人忘記呼吸。珞瑟隨口提到的是八尋從四年前的那個日子，就一天也不曾忘記的血親的姓名。

「我聽說你不願離開二十三區，是為了尋找令妹，還聽說你靠拾荒賺來的錢，絕大部分都用於收集她的情報了——」

「難道妳們知道珠依在什麼地方……？」

八尋逼問珞瑟。珞瑟態度曖昧地搖頭。

「這就不好說嘍。」

「回答我——！」

珞瑟冷冷微笑，八尋便粗魯地揪住她的胸口。

然而，就在這一瞬間，八尋的視野天旋地轉，強烈疼痛隨即湧向他的肩膀。

「——唔！」

「不可以喔，八尋。因為你那問題的答案，是當完嚮導的報酬。」

被摔倒在地的八尋頭上傳來茱麗愉悅似的說話聲。

從八尋的觀點，並不明白發生了什麼。八尋勉強能理解的只有茱麗輕易把他拋飛，還順勢將他制伏了。

「放開……我！」

八尋想掙脫茱麗而設法抵抗，被她鎖住的右肩關節卻只是更添磨耗。難以相信茱麗可以從嬌小的身軀發揮出如此力道將八尋按住。感覺八尋越掙扎，就會讓她的力道變得越強。

「正如同小珞說過的呢，不死者的再生能力只會在受傷時起作用。卸下關節並沒有造成肉體缺損，所以你的脫臼不會自己好起來。」

「妳們……兩個……！」

「啊……喂，你這樣碰到我了啦！怎麼辦，小珞？我的胸部被八尋用力摸了耶……！」

「是妳自己要朝我貼過來的吧！」

八尋遭受意想不到的譴責，就拚命提出反駁。

由於茱麗從背後施展擒拿術，目前八尋的右臂形同牢牢地貼在她的胸部。撇開肩膀的劇痛，八尋還是可以明確感受到柔軟的彈力，使他再也無法輕舉妄動。

「這點事還請妳多包容，茱麗。反正他在以往的人生中，都無緣享有摸女生胸部的好運氣——」

珞瑟用有幾分不悅的語氣說道。儘管她們姊妹無論個頭或臉孔都長得一模一樣，若要舉出唯一差異，就是胸脯的分量。

茱麗的個子矮歸矮，上圍卻相當豐滿，反觀珞瑟的體態就十足嬌貴且扁平。或許是因為這樣，自從話題談到胸部以後，感覺珞瑟的視線就格外刺人冷漠。被她用那種視線注視，八尋認為自己受到的對待未免太沒道理了。

「這樣是否能讓你理解呢？我們的人身安全無需你操心。」

珞瑟一邊大聲嘆氣，一邊使眼色要姊姊放開八尋。

壓在背上的力道忽然消失，讓八尋重獲自由身。八尋按了按右邊的肩膀起身以後，茱麗就毫不慚愧地坐到沙發上，並且「嘻嘻嘻」地笑著跟他對上視線。

八尋確實不得不承認，至少從搏擊實力來看，茱麗遙遙凌駕於他。八尋不需要保護她們倆，而她們倆也沒有那樣的期許。

「到櫛名田棲息處的這段路途，你願意擔任嚮導吧？」

珞瑟重新詢問。八尋朝她瞪了回去，並且靜靜地問道：

「妳們真的……握有珠依的情報？」

「對。」

「假如妳敢騙人，我到死都會跟妳們為敵喔。」

「這話由不死之身的你說出口，還真有威脅的效果。」

路瑟毫無懼色地微微笑了笑。她從胸口拿出一張照片丟給八尋。

「這是？」

八尋在照片落地的前一刻接住了。那似乎是用針孔攝影機偷拍後，再將影像檔列印出來的產物。

「這是預付給你的報酬，雖然畫面不太清晰。」

路瑟給出含糊其辭的答覆。她好像無意多做說明。

八尋將收到的照片翻面，看了列印的內容。

或許攝影處很是陰暗，畫質粗糙。

鏡頭拍到了在無窗的地下室擺著一張用來搬運傷患的病床。

造型近似棺材而讓人覺得不吉利的病床上，可以看見有個少女接了無數醫療管線，還遭到銀色鏈條捆定。宛如人偶——或者屍體般沉睡不醒的東洋少女。

八尋知道那個少女叫什麼名字。

「珠依……」

八尋口中冒出了嘀咕。

他睜大眼睛，深入地端詳照片。沒有任何地方記載著日期。即使如此，八尋仍看得出來。這張照片算近期的留影，恐怕距拍攝還不到一年。

「令妹——鳴澤珠依還活著。目前，她尚在人世。」

珞瑟用毫無情感的口吻告訴八尋。

八尋什麼話也沒有回，只是茫然地一直望著照片上的妹妹。

第二幕 狩獵櫛名田

THE HOLLOW REGALIA

CHAPTER.2

1

『——嗚汪～～！大家早安！我是伊呂波和音。』

『感謝大家今天也來看我的直播。這個時間都內天氣晴朗，今天同樣從早上就很熱。』

『還有，今天是我第十七次過生日喔！沒想到吧！哇～～趕快奏樂慶祝！恭喜恭喜，我真厲害！所以嘍，今天我要來烤蛋糕！說得好像很棒，其實就是用鬆餅粉做的簡易式杯子蛋糕啦……！』

†

參與櫛名田捕獲作戰的部隊集合處定在鄰近川口車站故址的荒川河岸。

利用倖免於大殺戮破壞的新荒川大橋渡河，再從舊北區方向入侵二十三區。計劃將由國道一二二號線走白山街抵達目的地。

藝品商是比利士藝廊對外的頭銜，實質定位近似軍火商。之所以打著藝廊名號，單純是因為便於跨國運輸兵器或交付款項吧。

而且，基於保護藝品的名義，他們擁有獨自的民營軍事公司。當八尋前往會合時，現場已經集結了幾台裝甲運兵車與非裝甲的武裝卡車（Softskin Gun），瀰漫著一股火爆的氣息。

在這種局面中，有個與現場顯得不太搭調的美少女眼尖地注意到八尋，就活蹦亂跳地朝他揮起雙手。那是頭髮挑染成橘色的嬌小女孩。

「啊～～他來了他來了。八尋～～我們在這裡～～！」

茱麗葉．比利士的大嗓門成了導火線，使周圍的視線全落在八尋身上。

八尋擺出臭臉，不情願地朝她走近。

茱麗身邊圍繞著隸屬於藝廊的戰鬥員們。

那些人嚴格來講並非士兵，所以稱為承包人員或許比較精確。由於民營軍事公司的員工不被允許穿迷彩服之類的軍裝，他們便穿了款式類似登山連帽外套的獨特制服。

以白與黃為基調，亂有時尚感的制服。

以特殊材質製作的布料在盛夏穿也很清涼，又具備高防水性及透濕性。

它還有保護穿著者的防彈功能，更內含輔力功能來支撐因而增加的重量。一套造價恐怕不下數千美元。

華麗、昂貴、高性能。每項特點都讓八尋不舒坦的制服。

而且最讓八尋煩躁的一點，就是他自己也被迫穿上了同樣的制服。

「看來衣服尺寸沒有問題呢。」

珞瑟下了運兵車以後，就朝垮著臉的八尋搭話。

她穿的也是跟八尋等人一樣的制服，然而細處的設計經過大幅修改，長褲成了開岔迷你裙，肩膀與腰際也暴露許多。

或許這是為了配合擅於搏擊的茱麗，才會重視輕便甚於防彈功能。雖然也可能是她單純嫌熱而已。

「哎，尺寸還行，但是重成這樣有沒有辦法改？」

八尋將手湊到制服胸口，一邊吐訴不滿。

雖說胸部內藏的防彈甲板屬於新材質且經過輕量化，還是頗有重量，會妨礙身體活動。

「因為有輔力功能，啟動以後你便不會感受到重量才是。」

「依舊多了些累贅吧。畢竟我本來就不需要這副裝備。」

對身為不死者的八尋來說，槍傷並不算威脅。靠防彈甲板對抗魍獸根本連求個心安也難，無論怎麼想都只是既重又礙事的無謂裝備。

「等進入二十三區以後，你要脫掉那身制服也無妨。但是在那之前，我認為你最好先穿著，畢竟你可比自己想的還有名。」

珞瑟用岔開話題似的口氣說道。

什麼意思啊——如此心想的八尋蹙起眉。然而在八尋質問珞瑟話裡的含意前，有人使勁拉了他的手臂。

「八尋八尋，這給你。」

茱麗故作熟稔地巴著八尋不放，並且把密封的信封塞了過來。尺寸跟巧克力板差不多，有厚度的信封，包裹著高級西洋點心店的包裝紙。

「這啥玩意兒？」

「點心啊。你肚子餓就可以吃。」

「要是有那種餘裕就好了。」

東西沒有大到礙手，也找不出理由退回，因此八尋心存感激地收下了點心。他隨手將點心塞進腿掛包的口袋。

另一方面，八尋並未放鬆對四周的警戒。

在名為比利士藝廊的組織裡，不知道這對雙胞胎有何種地位。

可是，八尋不認為她們找個來路不明的嚮導入隊，能順利讓藝廊的戰鬥員接納。八尋生活的世界並沒有和平到可以讓他那麼想像。

或多或少被找碴就能了事的話倒好，最糟的情況下，子彈突然朝八尋飛來的可能性也無法斷言為零。再怎麼警戒也不至於提防過度才對。

「——嗨，日本人，你就是公主與大小姐帶來的嚮導嗎？」

有個戰鬥員用不禮貌的視線望向八雲，一邊用淺顯的英文問道。是個雞冠般豎起的金髮令人留下印象，挺年輕的白人男性。

而且，他搶著伸出右手——要求握手的姿勢。對方揚起嘴角一笑，臉就變得像小鬼頭一樣平易近人。

「我叫喬許，喬許·基根。然後呢，那邊的大個子是帕歐菈·雷森德。」

「……我的個子又不大……喬許，是你自己腿短而已……」

褐膚的女戰鬥員嘀咕了一句。

我哪有腿短——喬許嘔氣地回嘴。以白人而言相對較矮的他，跟修長得像模特兒的帕歐菈站在一起，就看得出腰部的高度明顯有差距。

「你就是八尋吧。我叫魏洋，進入二十三區的特殊部隊將由我們三個擔任班長。請多指教嘍。」

最後要求跟八尋握手的是個相貌端正的東方人。

他似乎比喬許以及帕歐菈年長，但應該還不到三十歲。

其他戰鬥員的年齡也與他們相仿。這支部隊的平均年齡遠比八尋想像中年輕。

「……領多少報酬就做多少事。麻煩別對我有更高的期待。」

八尋態度生硬地回話問候。從魏洋等人的笑容感受不到惡意，讓八尋覺得不自在。

隨著大殺戮開始，日本人成了抹殺與憎恨的對象，而大殺戮完結後，世人對他們的態度就轉為輕蔑與嘲笑。即使八尋身為拾荒人很好利用，尋遍各地也沒有人願意把他當成對等的人類看待。

所以八尋忽然碰上友善的態度，便不知道如何是好。事到如今，他才發現性情隨興又不聽人講話的茱麗，還有始終未改雇主立場的珞瑟都挺好相處。

「這樣啊，八尋。不過，有件事情我想在作戰前向你聲明。是要緊事。」

喬許眼神變銳利，若無其事地把八尋帶到珞瑟她們的視線死角。

傷腦筋，要開始了嗎——八尋如此心想。對新人的洗禮。或許對方是打算賞他一拳當見面禮，藉此誇耀自己的地位較高。常有的事情。

然而喬許的下一句話令八尋意外。

「聽好了，八尋。你可別迷上公主。」

「……啥？你說的公主……是指茱麗嗎？」

GALERIE BERITH

「對。迷上公主倒也沒關係，但千萬別碰她。這是鐵則。」

「是喔……」

八尋實在太意外，以至於一瞬間無法理解自己被交代了什麼。

茱麗是公主；珞瑟則是大小姐。以喬許的標準似乎會如此分類。大致上並不是無法理解，然而八尋一點也不懂他的警告有何含意。

「因為藝廊戰鬥員全是茱麗的粉絲，希望你養成冒犯到她就等於跟所有人為敵的觀念。到時候即使背後挨槍也怨不得人。」

「不要緊……反正只有珞瑟才會做得那麼絕……」

魏洋與帕歐菈一臉正經地加以補充。什麼跟什麼啊——如此心想的八尋無話可回。聽對方說有要緊事，他還以為多嚴重，結果就被荒唐過頭的內情搞得眼花了。這又不是偶像粉絲團，難道民營軍事公司的戰鬥員會用這種笨理由挑選職場？況且帶頭欺壓人的還是珞瑟，這像話嗎？雖然八尋早就隱約感覺到她對雙胞胎姊姊愛得太深了。

連班長級人物都會正色警告，可見以前應該出過大事。這個組織沒問題嗎——八尋認真地有了一股不安的念頭。

2

作戰前的會議內容單純得嚇人。

比其他民營軍事公司搶先到達櫛名田的棲息地，找出目標，並且予以捕獲，完畢。就這樣而已。一旦踏進二十三區，便只能配合魍獸的動向四處逃竄，根本訂定不了什麼詳細的作戰方針。

「為了捕獲櫛名田，藝廊準備的戰力是兩支分隊共二十四人。當中有半數會在後方待命支援，二十三區之內則會派遣一支分隊。」

在河岸搭起的帳篷(Tarp)底下，珞瑟淡然說明。

「十二人嗎……挺多的。」

八尋板起了臉嘀咕。

同行者增加，被魍獸察覺的風險就會隨之提高。特種部隊規格的一支戰鬥員分隊想要避開魍獸耳目抵達都心，以陣仗而言實在太過張揚。

話雖如此，考量到捕獲櫛名田必須花的工夫，戰力就難稱充足。八尋已經有意放掉這項差事了。

「將我們兩個與八尋算進去就是十五人呢。」

珞瑟委婉地更正了八尋說的話。

八尋訝異地凝視雙胞胎。茱麗仰望這樣的八尋，還莫名其妙地用雙手比出V字。我並沒有看妳看得入迷啦——如此示意的八尋擺出臭臉說：

「原來妳們也要參與作戰？」

「當然了。小孩第一次外出跑腿時，監護者都會躲起來守候啊。道理是一樣的。」

「欸，完全不一樣吧！妳們什麼時候成了我的監護者！」

「……對監護者用這種態度……是反抗期到了嗎？」

「乖乖乖，聽話聽話。我們是你的監護者喔～～」

珞瑟一臉嚴肅地微微偏頭，茱麗則是摸了摸八尋的頭。

她們的態度分不出是開玩笑或認真，八尋就放棄了繼續反駁的念頭。與其爭這些，還有其他該優先確認的事情。

「所以呢，最關鍵的櫛名田有什麼特徵？妳們說知道棲息地的位置，可是我要怎麼區分它跟其他魍獸？」

「你遇上自然會立刻曉得。」

「為什麼妳敢這樣斷言？」

八尋用懷疑的眼神看了珞瑟。

但路瑟沒有回答問題，而是默默將視線轉向八尋背後。

在部隊集結的河岸有輛大型輪甲車正要開下來。

那是在車頂裝有大型通訊天線的指揮通訊車，車側噴印的標誌則是不同於藝廊的民營軍事公司商標。

武裝戰鬥員紛紛從停到定點的裝甲車車頂下來。或許是為了跟軍裝有所區別，他們穿的制服之華美讓人聯想到中世紀騎士。

當中有個男子穿的制服尤其華麗，他悠然帶了幾名戰鬥員朝八尋等人走來。外形俊美得好似從繪畫走出來，年齡約莫二十過半的瘦高青年。

「比利士藝廊的各位，容我在作戰開始前叨擾。我帶了贊助這次作戰的萊馬特國際企業的會長蒞臨現場。伯爵對於區區藝廊的警備員也願意盡到禮數，各位可要對這份溫情心存感激。」

青年以聽似客氣卻又帶著嘲弄調調的含笑口吻說道。上流階層特有的高傲腔調（Snobbish Accent）。

「臭小子，你說什麼……？」

喬許率先對男子說的話做出反應。他毫不掩飾直來直往的怒氣，瞪向出聲發話之人。

「慢著，喬許。他是費爾曼・拉・伊路，RMS的總隊長。」

魏洋急忙制止好像隨時都會跟對方扭打的喬許。

八尋默默地蹙眉。連不諳世事的八尋也聽過ＲＭＳ的名號。

Raimat Military Securica——全球屈指可數的兵器廠商，萊馬特國際企業坐擁的民營軍事公司。

他們在大殺戮初期就進駐日本，目前仍在眾多都市承包物資運輸以及治安維護的工作，應該可以說是最受惠於大殺戮的企業之一。

聽說這次的櫛名田捕獲作戰就是由萊馬特國際企業策劃。倘若如此，萊馬特直營的子公司ＲＭＳ會參加倒是理所當然。

「——少校，比利士藝廊願意回應號召，是我方寶貴的合作企業。你在應對上萬萬不能怠慢。」

「是我失禮了，伯爵。」

金髮青年端正姿勢，並且讓路般退了一步。

在一來一去之間走上前的人，是個穿西裝的白髮男子。

直挺的體態難以看出年齡，但他應該已過七十歲。儘管臉色露出柔和笑容，卻掩飾不了目光有多銳利。氣質令人嫌惡的男子——八尋有這種觀感。不會親自扣下手槍的扳機弄髒手，而是靠簽署文件殺害幾億人——來者屬於這一型的人。

「……伯爵？」

「他是萊馬特國際企業的最高經營負責人，耶克托爾・萊馬特伯爵。」

八尋無意識地嘀咕，珞瑟便規規矩矩地回答他。

被稱作伯爵的男子轉向珞瑟等人，以爽朗的動作點頭打招呼。

「早(Ciao)，比利士小姐。容我重新感謝妳協助這次的聯合作戰。」

「幸而得見伯爵專程蒞臨，不敢當——今天還請您手下留情。」

姊姊(茱麗)默默擺出客套笑容，妹妹(珞瑟)便恭敬地代為答話。

「能聘請到赫赫有名的比利士家族，我才覺得榮幸啊。」

伯爵大方地點頭。

隨後，低沉有如地鳴的引擎聲響起。

有一批裝甲戰鬥車從八尋等人頭頂——架在二十三區邊界的新荒川大橋橫越而過。

連同運兵車及輪甲戰車共二十輛以上，中隊規模的可觀戰力。

「那是？」

「朗格帕特納的裝甲部隊。」

伯爵對珞瑟的疑問做出答覆。八尋會覺得他的語氣聽起來有輕視之意，恐怕並不是心理作用。

「他們還誇口湊到了一打的步兵戰鬥車，可真是愚蠢。裝甲車發出的引擎聲，明明只會成為吸引大群魍獸的目標——」

「你明知這一點還讓他們的車隊出發？」

八尋用怪罪般的語氣嘀咕。

不知怎地，伯爵朝八尋投以看似感興趣的目光，表情彷彿透露出他很意外八尋會掛懷別人的性命。

「有他們像那樣吸引魍獸，我們要接近目的地就會相對安全。聯合作戰正是為此，大家各司其職。」

珞瑟用不帶感情的嗓音說明後，八尋便默默板起臉。他總算明白萊馬特擁有充裕戰力，為何還要特地提議舉行聯合作戰。

打從一開始，伯爵就有意把合作企業的戰力當誘餌消耗。藝廊明白這一點，還打算先下手為強。狡狐智鬥狸貓。他們正樂得以人命充作籌碼來進行這場惡質的賭局。

「不愧是比利士小姐，相當明事理。」

伯爵滿意地點頭。本身的計畫被珞瑟等人看穿，他仍有餘裕笑得從容。

「從這一點來看，比利士藝廊編列了數少質精的特種部隊就實在厲害。聽說妳們還聘了優秀的嚮導。」

伯爵將視線轉向八尋。

他從最初就知道八尋的底細。倒不如說，八尋事到如今才察覺，伯爵是為了跟自己見面而來。可是八尋不明白他為何對自己有興趣。

伯爵打量似的盯著疑惑的八尋，還朝他的部下問道：

「傳聞在二十三區出入的拾荒人當中，有受了詛咒的日本人倖存者——你不覺得這讓人很想試他一試嗎，少校？」

「我有同感，伯爵。」

費爾曼隨意舉起右手。他手裡握著手槍——刻了惡俗圖樣且有年代的自動手槍。

「恕我失禮，少年。」

「——唔！」

八尋胸部感受到驚人的衝擊，並且往後方彈飛而去。間隔片刻，他才聽出槍聲。八尋發現自己被費爾曼開了一槍。

「八尋！」

「拉·伊路！你這傢伙！」

帕歐菈與喬許同時有了動作。

帕歐菈拔出自己的手槍牽制RMS那些戰鬥員，而喬許趁隙掄拳衝向費爾曼。

費爾曼一邊舉起雙手強調自己無意抵抗，一邊靈活地躲開喬許的攻擊。他俯視著倒地的八尋，並且深深發出失望的嘆息。

「嗯……號稱是什麼不死之身，被拆穿後也就這麼點能耐……」

「啥！」

「慢著，喬許。」

珞瑟厲聲制止喬許。喬許冷不防地被叫住，因而像獵犬遭到飼主訓斥一樣僵直不動。

八尋倒在滿是沙礫的地面，只得一邊無奈地嘆氣一邊撐起身。

陶瓷製防彈甲板被子彈打得凹陷，從他的胸口滾落。那是縫在八尋制服夾層裡的護具。

「若真是不死之身，何需用這種小把戲保護身體？抱歉驚擾大家了，我在此致歉。」

伯爵失望似的閉眼搖搖頭。

八尋則默默聳肩。他固然覺得不滿，卻也明白狀況容不得自己多抱怨。畢竟對方是委託者的雇主。

「衣服報銷的賠償費用，妳之後再向萊馬特請款。告辭。」

伯爵單方面交代過就轉身背對八尋等人。他帶著擔任隨扈的那些戰鬥員，直接撤回至裝甲車之中，傲慢態度彷彿表示事情就此辦完。

「哎～～……對方突然就動手呢。你還好吧，八尋？有沒有嚇到失禁？」

茱麗蹲到仍倒在地上的八尋旁邊，莫名愉悅地問。

「誰會啊。」

八尋帶著嘔氣的臉色回嘴，然後慵懶地撐起上半身。

在八尋的制服胸口上深深地留有三處彈孔，每處離心臟都不到十公分。漂亮迅速的拔槍射擊（Quick-draw）。費爾曼的槍法相當有一手。

即使有防彈甲板，換成平常人挨槍就算被震得昏迷也不奇怪。八尋之所以沒有立刻起身，正是因為他知道這一點。

「妳會叫我穿這套制服，就是為了這個？」

八尋抬頭朝珞瑟瞟了白眼。

珞瑟說過在進入二十三區之前，最好先穿著這套衣服。從發言中似乎可以得知她一開始就料到伯爵會射殺八尋。

「畢竟我們沒有必要特地向敵人亮出底牌。」

珞瑟面色不改地平靜答話。

「……敵人？」

八尋傻眼似的撇嘴。萊馬特是作戰的贊助者，珞瑟會毫不掩飾地斷言為敵人，讓八尋有些意外。

「有傳聞指出，萊馬特伯爵從以前就對不死者懷有非比尋常的興趣。他本人會專程來測試八尋，可見傳聞不假。」

路瑟露出了一抹微笑。於是八尋總算發現她真正的用意。

伯爵想測試八尋的不死體質，而路瑟同樣也在測試伯爵。

受了詛咒而擁有不死之身的日本人——路瑟用八尋的這些風評當誘餌，想確認伯爵是否真的對不死者感興趣。何止如此，就連藝廊僱了八尋當嚮導的情報，都有可能是她刻意流出的。

這表示伯爵與八尋都被操控在路瑟的掌上起舞。

「作戰將於三十分鐘後開始。你那套衣服可以換掉了，右邊的運兵車上頭有準備新制服給你。」

路瑟用絲毫看不出算計的態度告訴八尋。

「妳居然連替換的衣服都準備好啦。」

八尋挖苦味十足地開口，當然，路瑟不會為這點小事變臉。反觀茱麗則是對八尋合掌，還莫名同情地微笑。

「沒有幫你準備替換的內褲就是了。對不起喔。」

「我說過自己並沒有失禁吧！」

八尋忍不住吼道。

周圍的戰鬥員看著他們互動，都大聲爆笑出來。

八尋自從變成不死者以後，第一次聽見「同伴」的笑聲。

3

鏡子裡映著翠綠色眼睛的少女。

膚質狀況極佳；銀色眼影；薰衣草色的唇彩；銀色秀髮微捲，還綁成雙馬尾。

以妖精為形象的新服裝讓肩膀外露，有點令人害臊。然而款式本身亮麗又可愛，感覺並不壞。只要投入角色就沒有問題——她如此說服自己然後對著面前的鏡頭。預定直播的時刻快要到了。

「——嗚汪～～！大家午安！我是伊呂波和音。」

少女將麥克風解除靜音，道出一如往常的問候詞。

她深信這樣的聲音遲早會傳到同胞耳裡——

†

「——所以嘍，我就這麼告訴對方：抱歉，此路不通，不過行人以及二輪輕型車例外。很逗吧，哈哈哈！」

「是、是啊……」

八尋朝講個不停的喬許應了聲，臉上則浮現倦色。

從櫛名田捕獲作戰開始之後，喬許就一直在聊些無關緊要的事，片刻都沒有停過。多虧如此，八尋對他的生平、以往的經歷、對食物的喜惡乃至偏好的異性類型都變得相當熟悉。

「哇～～好涼快～～……！」

另一方面，部隊的隊長茱麗則是從小艇的舷側探身出去，朝濺到臉頰的水花發出了純真歡呼。八尋他們分別乘坐兩艘剛性充氣艇（RHIB），正航行在隅田川的河面上。

「不過利用水路真是個盲點耶。你滿有辦法的嘛，八尋。」

喬許重新感到佩服似的慨嘆。

東京雖以高樓大廈成群讓人印象深刻，然而其實它也是從昔時江戶就河運繁榮的水都。

利用流經都內的河川，沿水路而非陸路移動。這就是八尋為安全抵達目的地所提出的祕策。

「畢竟水棲的魍獸比陸棲少，出現地點也大多固定。」

八尋攤開了紙本地圖並確認現在位置。

大隊人馬一舉展開行動，自然會刺激到那些魍獸。就算八尋再熟悉二十三區，要將整支分隊的戰鬥員毫未折損地帶到都心仍是幾無可能。而利用水路，就是一項化不可能為可能的苦肉計。

「問題在於，這樣我們碰上魍獸時就沒法可逃——」

八尋眼神嚴肅地望向前方。

有一頭水棲魍獸浮上了水面，正朝八尋他們搭乘的小艇逼近。具備黏滑厚實的外皮，外型有如海參的魍獸。

「到時候就換我們上場啦！」

趕在八尋發出指示之前，喬許已經架起特種部隊規格的輕機槍。

接著他毫不猶豫地朝魍獸開火。

航行中的小艇晃得厲害，但喬許的射擊技術頗有一手。儘管上肩瞄準的姿勢並不穩定，他能視近兩百公尺的距離為無物，幾乎彈無虛發。

同時，由珞瑟等人搭乘的另一艘小艇也展開火力援護。

憑輕機槍等級的威力難以讓魍獸斃命。

即使如此，要將它驅離小艇的行進方向仍然有效果。兩艘小艇趁著魍獸畏縮下潛的空檔，從它身旁鑽了過去。

來到安全的距離後，喬許才總算放下機槍。

隨後，開始傳出讓人以為遠方某處有煙火打上天空的巨響。

輪甲戰車裝載的大口徑左輪砲開火聲。其他公司派來參加捕獲作戰的部隊，在陸地跟魍獸展開戰鬥了。

「噢噢……另一頭也打得激烈耶。」

喬許望向開火聲傳來的方向，還脫口說出悠哉的感想。

「朗格帕特納的裝甲部隊……正陷入苦戰……」

帕歐菈一邊把新彈帶裝到自己的槍上，一邊兀自嘀咕。

毫不止歇的開火聲當中，夾雜了車輛衝進建築物的撞擊聲，還有裝甲壓毀的聲響。戰況並沒有一面倒，但是部隊肯定也出現了不少犧牲。而且戰鬥拖越久就會讓魍獸兵團聚得越多，使人類陣營落於不利。

「雖然令人不爽，萊馬特會長說的倒也是事實。多虧有他們大張旗鼓，那些魍獸都被引過去了，我們這邊遇到的兵力就相對薄弱。」

「其實……我們原本也一樣……會成為替ＲＭＳ引敵的誘餌……」

喬許跟帕歐菈冷靜地開口交談。

他們到底是民營軍事公司的一分子，儘管流露出厭惡感，對戰情的判斷仍舊確切實際。

好幾支部隊同時朝著目的地而去，已經分散了魍獸兵團的戒備。要不是這樣，即使八尋等人走水路，也不至於這麼順利就能接近都心才對。

話雖如此，其他公司的部隊也不是自願當誘餌。

他們反而應該會一有空檔就自己偷跑，還想著要搶先抵達目的地。

彷彿在替這樣的事實背書，八尋等人的頭上描繪出一道白色軌跡。有架飛機橫越了二十三區的上空。

茱麗眼尖地注意到，就同情似的嘆了一聲。

「用那種方式闖關啊～～……有公司搞砸了呢。」

「咦？」

八尋隨著茱麗仰望高空，就被亮得瞇細眼睛。只見八尋表情逐漸緊繃，因為他察覺到有絨毛般的物體從飛機上撒了出來。

「QDS的運輸機（Hercules）……那是用於運輸……空降部隊……」

帕歐菈探頭望向狙擊鏡後，就道破了飛機的底細。

QDS——Queensland Defensive Service，在參與櫛名田捕獲作戰的陣容當中，是最晚被提及的一間民營軍事公司。他們不走陸路也不走水路，而是打算派人從運輸機跳傘，直接降落到東京巨蛋故址。

「跳傘……喂喂喂，等等，那樣不算作弊（開外掛）嗎？」

喬許用悠哉的口氣說道。

八尋則在嘴裡咕噥：怎麼會蠢成這樣？除了高到平流層的高空之外，二十三區上空都被指定為禁止飛行區域。竟有民營軍事公司不明白其中的理由，讓八尋感到傻眼。

頭一個戰鬥員打開降落傘後，由水路抬頭望見的城市輪廓便隨之晃動。因為有數量龐大的飛行生物集體從高樓林立的廢墟同時起飛了。那是魍獸——不，魍鳥所組成的大隊。

「跳傘的人在降落途中沒辦法活動，對能飛的魍獸來說恰好是自己送上門的食物。難道他們以為低空開傘就不會被察覺嗎——」

八尋繃著臉說道。

那些魍獸擁有敏銳的感官，絕不會看漏地盤的入侵者。ＱＤＳ的戰鬥員們降落到地表附近以後，飛行型魍獸就朝他們群聚而去。

從降落傘打開到地表的距離僅三百公尺。可是，那三百公尺卻遠得令人絕望。眾多魍獸能自在翱翔於空中，便毫不留情地撲向在降落途中無法任意活動的那些戰鬥員。

有片紅色的霧在上空擴散開來。

那是犧牲者們濺出的血霧。

距離遙遠，聽不見他們的慘叫，對八尋等人來說算是幸運的。

幾百頭魍獸在空中亂飛，成員超過四十名的ＱＤＳ部隊並沒有任何一人抵達地表就當場潰滅。

藝廊的戰鬥員目睹了那一幕，全都發不出聲音。

魍獸有多可怕，照理講他們也曉得。從擊退冒牌海參時的手腕來看，他們應該都有相當的實戰經驗。即使如此，出現於隔離地帶的魍獸數量與凶猛程度，非得實際體驗才會明白。

「太扯了，這就是二十三區嗎……」

穿插短暫沉默之後，喬許深深地吐氣。

對啊——八尋在嘴裡咕噥。

這就是以往被稱作東京的地方，八尋過活的城市裡的現實樣貌。

4

「——欸，你懂吧，當時我可是在執行任務耶，任務。那個臭署長卻……！」

喬許一邊用輕機槍對躍於水面的魍獸掃射，一邊仍不停閒嗑牙。

身為愛爾蘭裔美國人的他曾任警官，還以臥底探員的身分負責搜查過私販毒品的組織，卻不小心勾搭上組織老大的情婦而被索命，結果就流落到比利士藝廊，過往經歷堪稱奇妙。

照喬許的說法，藝廊戰鬥員全是這種背後有故事的人才。

若非這樣的怪胎或社會不適應者，或許也不會參加十幾歲雙胞胎指揮的部隊吧。

然而，即使他們是一群受到排擠的分子，實力卻如假包換。

八尋等人撐過多達六次的魍獸遭遇戰，搭乘的小艇一路已將整體行程跑完近八成。只要從兩國橋頭進入神田川，目的地東京巨蛋故址就在眼前。

「雖然一隻一隻分開來還能應付，這種鬼東西要是讓頭頭率領著跑到封鎖區外面，感覺就有點棘手嘍。」

當喬許轟了近二十顆榴彈，擊退第七隻魍獸後，就自言自語似的嘀咕起來。

那番話讓八尋想起他們的目的。

捕獲率領魍獸兵團的魍獸——櫛名田。

櫛名田確實是危險的存在。

如果放著不管，它對生活在隔離地帶外的人類將成為威脅。被捕獲以後，其能力若可以轉為利用在軍事方面，就會變成人類相爭的火種。

無論怎麼演變，都只有血腥的未來等在前頭，不知道要如何處置才是對的。

可是，八尋對櫛名田的存在本身並無任何興趣。他只是個嚮導，只要把身為雇主的雙胞胎帶到櫛名田棲息之處，契約便告結束。

對八尋來說，重要的並非真面目不明的新種魍獸，他只關心妹妹的下落。

花了四年一直在找的妹妹，再過不久就能獲得線索——八尋望著自己的雙手，並且用力咬緊牙關。此時……

「剛才那句話或許要稍作訂正喔。就算一隻一隻分開來，也未必都能應付。」

坐在八尋旁邊的茱麗甩了甩橘色髮絲起身。

「怎麼了嗎，公主？」

喬許仰望從小艇船頭探身出去的茱麗，納悶地蹙了眉。

然而茱麗什麼也沒有回答。她只是靜靜地凝神瞪著前方的水面。

八尋見狀才總算察覺。被漆成黃色的獨特橋樑——藏前橋的橋墩那一帶，水面的顏色變了。有巨大魍獸潛伏在那裡。

「珞瑟塔，停下小艇！是霸下！」

八尋朝著後方的珞瑟喊道。珞瑟搭乘的是第二艘小艇，但幸虧制服內裝了通訊器，即使有距離也能將聲音傳到。

從通訊器傳來的答覆卻是一句出乎八尋意料的話。

『叫我珞瑟。』

「啥？」

『我有拜託過你，稱呼我的時候要叫珞瑟才對——』

「現在哪有空計較這個啊！」

八尋的吐槽散發出悲壯感。幾乎同一時間，河川水面隆起。

隨著洶湧波浪現出蹤影的是一隻超脫常軌的巨大魍獸。

全長十五公尺有餘，其外貌近似白堊紀的海龍。前肢為鰭的巨型蜥蜴。不過，它的身體被烏龜般的堅韌甲殼包裹著。

據此所取的通稱就叫「霸下」——這原本是中國的神獸名字，但它具備了與其相應的威迫感，以及魍獸才有的凶猛度。在八尋認得的水棲魍獸中，霸下是排得進前五名的大傢伙。

「用槍對付不了吧！帕歐菈！拿重火力猛轟！」

「何必要你說……」

帕歐菈受到喬許催促，就架起了六連發的轉輪式榴彈發射器。

榴彈初速緩慢，瞄準精度低，而帕歐菈連射的六發全都直擊霸下。發射器裡裝填的是多用途榴彈（HEDP），不僅對人殺傷力強，面對裝甲車也一樣有效的強力彈藥。然而，暗灰色魍獸的

身軀除了微微震顫，並未露出任何反應。

「對它……不管用……？」

帕歐菈抛開射完的榴彈發射器，改拿輕機槍。然而，對手連榴彈直擊都能承受，六點五毫米的步槍彈想必奈何不了它。

即使祭出戰車砲，能否將其擊斃仍是未知數——眼前的魍獸就是這等存在，可匹敵神話怪物的鬼魅魍魎。但是……

「別開槍，剩下的交給我。茱麗，麻煩就這樣朝它衝上去。」

八尋用慵懶的語氣告訴雇主，並嘆息著起身。他從掛在腰後的刀鞘拔出大柄短刀。

「你說……交給你……就靠那把短刀？」

帕歐菈帶著愕然的臉色說道。

「能避免的話，我也不想出手啦。」

八尋無力地搖頭。接著，他將利刃外露的短刀捅向自己的左臂。

染上深紅的利刃直貫根部，那股劇痛讓八尋繃緊臉頰。

「唔喔！八尋，你在搞什麼！」

「所以我才說自己不想出手啊——！」

喬許詫異地瞪大眼睛，痛得皺起臉的八尋則將短刀強行拔了出來。短刀表面沾滿了血，鮮豔的液體黏且牽絲。

隨後，霸下發出咆哮。

八尋舉起染血的利刃，直瞪著對方巨大的眼球。其眼裡映著狂暴殺意與破壞衝動，還有顯而易見的畏懼之色。

「油門全開，要上嘍～～！所有人抓穩～～！」

當其他戰鬥員都感到動搖時，負責掌舵的茱麗就開心地讓充氣艇加速猛衝。真的要這樣硬幹嗎——如此心想的喬許繃緊了臉。

「來吧，烏龜妖怪！」

八尋並沒有助跑多少距離，就從小艇的船頭一躍而去。

淪為魍獸棲息處的隅田川河岸遍地崩坍，還漂著無數遭到棄置的船隻殘骸與木材。八尋把漂在眼前的一艘小船當成踏腳處，朝逼近過來的霸下縱身起跳。魍獸未能預料到八尋的行動而錯失目標，巨大的下顎臨空掠過。

載著茱麗等人的小艇與魍獸有所接觸，卻勉強免於翻覆。八尋將右手的短刀插入霸下肩膀，藉此當成攀爬對方背脊的支點。

以八尋插入短刀的部位為中心，霸下的肉體發生異狀了。漆黑的瘴氣如鮮血般噴湧而出，原本連榴彈威力都能承受的皮膚逐漸崩潰瓦解。

然而其效果有限。相較於魍獸的巨軀，造成傷害的範圍實在太小，離致命傷尚遠。

「塊頭這麼大，實在沒辦法立刻見效吧……」

被八尋爬到背後的霸下狂亂掙扎。

怕被甩飛的八尋緊抓不放，同時又用短刀劃開自己的左臂。

八尋的血對魍獸有致命毒性。他不想讓珞瑟等人知道這項事實，然而霸下並非藏招還能打倒的對手。八尋用染血的利刃在魍獸背後劃開傷口，再將血淋淋的手腕插進當中縫隙。

「我直接把血灌到你體內，盡情享受吧！」

八尋在急遽失血下感到眼花，一邊還凶猛地露出微笑。

魍獸的肉體接觸到八尋的血液便猛然噴出瘴氣。毒性之猛足以令常人死亡的霧氣，其刺激猶如強酸，八尋咬住牙關拚命忍了過去。

八尋捨身發動的攻擊讓霸下發出痛苦的哀號。魍獸的巨軀狂亂掙扎，撞擊的力道使得橋墩嘎吱作響。

然而魍獸的抵抗也沒有持續太久。被八尋注血的霸下活動力逐漸衰弱，不久便完全沉默下來。

『——辛苦你了，八尋。我們立刻過去接你，請繼續為大家帶路。畢竟對付它耗了不少時間。』

在魍獸背上不停喘氣的八尋耳裡傳來了珞瑟直爽的說話聲。

如她所言，茱麗操縱的小艇很快就朝八尋駛近。這對雙胞胎似乎無意讓八尋休息，真是使喚人毫不手軟的雇主。

「難以置信……他竟然真的用一把刀就幹掉那個大傢伙了……！」

喬許一邊回望霸下逐漸頹傾的屍體一邊恍神般搖頭。其他戰鬥員的態度也跟他類似。

這也難怪──八尋事不關己似的思考。之前部隊裡還對八尋自稱的不死之身半信半疑，但這樣一來，他們也該理解八尋是不遜於魍獸的怪物了。

之後等著他的會是排斥？或者迫害？無論是前者或後者，都已經在預料之中。

事到如今，八尋不會為此落寞。他習慣孤立了。自己終究是受聘於人，只要能獲得妹妹的情報便不會希求更多。

「八尋……你的傷呢……？」

帕歐菈朝坐在小艇一隅的八尋問道。一瞬間，八尋無法理解對方說了什麼。

八尋順著帕歐菈關心似的視線，才發現她是在掛念自己剛才刺傷的左臂。

「沒問題。已經痊癒了。」

八尋舉起自己的左臂給她看，制服袖口還留著被短刀刺過的痕跡。然而，從八尋衣物底下露出來的皮膚毫髮無傷，拜不死者的痊癒力所賜。

「剛才……你做了什麼……？」

帕歐菈進一步問道。八尋微微聳肩。看來狀況實在不容他敷衍帶過。

「我的血對魍獸來說有毒。至於是否對所有魍獸都能生效，我沒試過所以也說不準。」

「毒？原來那是毒嗎？感覺烏龜的身體垮得超快耶。」

喬許興奮地跟上話題。不同於預料的反應讓八尋感到有些困惑。

「原來如此。八尋，所以那就是你在二十三區存活下來的底牌嘍。公主她們會特地找你入隊，我早就覺得你應該不是尋常人……欸，等等，這樣不就代表有你的血便能將那些魍獸全數驅除嗎？」

喬許的口氣振奮得像是自己出了絕妙好計。

八尋苦笑著搖搖頭。說出來或許有透露太多之嫌，但這件事即使要瞞也會立刻漏餡。

「沒那麼方便。這些血一旦離開我的身體，就會失去效力。」

與其稱為效力，精確來講在意象上比較接近於脫離八尋的掌控。完全脫離八尋身體的血就不再是不死者肉體的一部分，應該只能算單純的物質。八尋被迫拿短刀，而不是從安全處用弓箭之類的武器攻擊，也是因此所致。

「——欸，你那把短刀是怎麼回事？都破破爛爛了嘛。」

喬許注意到八尋準備收回鞘裡的短刀，詫異得睜大了眼睛。

「啊，這個嗎……長時間接觸到我的血就會變成這樣。」

原本理應接近新品的刀刃已經缺損得幾乎不留原形。泛紅生鏽的模樣，簡直像被遺棄了好幾年的古代遺物。

「它……承受不住八尋的血……？」

帕歐菈帶著嚴肅的臉色問道。八尋則自嘲般笑著點頭說：

「所以你們都別靠近我比較好。對魍獸效果那麼強的毒，怎麼可能會對人類無害。外界稱我為受了詛咒的日本人，也未必毫無根據——」

「唔～～……是這樣嗎……」

八尋那番自我消遣的台詞被茱麗的悠哉嗓音打斷。

橘髮少女不假思索地朝疑惑的八尋探出身子，順勢伸舌舔了舔。柔軟的觸感碰到臉頰，讓八尋茫然地僵住了。八尋這才明白，他濺在自己臉上的血跡被茱麗舔掉了。

「茱麗！妳、妳做什麼啊……！」

「看吧，我一點事都沒有。所以你不用介意。」

茱麗俏皮地對困窘的八尋吐舌，然後使壞似的當面笑出來。

「八尋他看起來倒不像沒事。」

「臉……紅通通的……」

喬許跟帕歐菈賊賊地笑著對八尋起鬨。其他戰鬥員沒有特地說出口，不過表情都跟他們倆差不多。

「我才……沒有……！」

八尋拚命想反駁，舌頭卻急得不靈光。

「表示不死者也是個健全的青少年嘛。交給我，要是能活著回去，我就把追女生的全套招式教給你。」

「不過……別迷上茱麗比較好……珞瑟從剛才就擺著很恐怖的臉色在瞪你。」

喬許故作熟稔地搭了八尋的肩膀，帕歐菈則將視線轉向後頭。

珞瑟搭乘由後而來的小艇，雙眸毫無情感，眨都不眨地直盯著八尋。用不著帕歐菈等人警告，八尋也已經了解這對雙胞胎當中的妹妹對姊姊有過度敬愛的情形。如此重視的姊姊舔了異性臉頰，誰曉得當妹妹的會對當事人有何情緒——

「為什麼會搞成這樣……？」

疲憊感排山倒海地湧上，使得八尋虛弱地仰望天空。

珞瑟的通訊器一直保持沉默，如今讓人感到恐怖無比。

5

耶克托爾·萊馬特伯爵是在萊馬特國際企業的日本分部接到了那份報告。RMS的年輕通訊值勤官面露疑色，將無人偵察機回傳的資訊唸了出來。

「比利士藝廊派出的部隊似乎在藏前橋一帶將霸下擊斃了。」

「你說擊斃霸下？」

伯爵整個人靠在質樸的規格化座椅上，露出納悶之色。

萊馬特企業用原屬自衛隊大宮駐地的建築物當成在日本活動的根據地。分部的通訊自是不說，連會長室的家具以及擺設也都是從駐地時期沿用下來。從這張椅子坐起來的舒適度判斷，所謂的自衛隊似乎並不是多優渥的組織。

「比利士藝廊派去二十三區的兵力，據說只有一支分隊的戰鬥員……難道他們不需戰車輛援護，就驅除了級別Ⅲ的大型魍獸？」

「雖然詳細過程不明，附近並未觀測到大規模的砲擊。」

通訊值勤官直接將平板裝置顯示的資訊唸出來。

嗯——伯爵微微蹙眉。

所謂級別，是以現存軍隊戰力為制定基準，以便呈現魍獸有何威脅度的一項指標。每上升一級，魍獸的戰鬥力就會高出約四倍。

級別Ⅰ的魍獸威脅度相當於一支步兵分隊的戰力。不過單靠步兵戰力，據說能應付的極限只到級別Ⅱ，若缺少裝甲戰鬥車輛支援，就絕對無法打倒級別Ⅲ以上的魍獸。

儘管如此，報告顯示藝廊的部隊已成功讓級別Ⅲ的霸下無力化。換句話說，他們擁有萊馬特不知道的戰力。

「不死者……果然是真貨嗎……？」

伯爵帶著嚴肅的表情嘀咕。蘊藏在他眼中的昏暗之火讓通訊值勤官的臉隨之緊繃。

「拉．伊路少校的部隊狀況如何？」

「目前正由國道十七號，白山上交叉口附近南下。距離目的地約二．八公里。」

「將比利士藝廊的動向轉告少校。雖然我認為不至於構成問題。」

「是……我立刻去辦！」

通訊值勤官仿效軍人敬禮後，就逃也似的從房間離去。

等部下消失身影，伯爵便緩緩起身。

臉色依舊不悅的他前往了於分部用地內新建造的潔白建築物。一棟近似製藥公司研究所，警衛森嚴的隔離設施。

「『布倫希爾德』的狀況怎麼樣，尼森卿？」

經過嚴格的重重活體認證，伯爵走進處於增壓狀態的研究室。

鑲著玻璃的室內讓人聯想到水族館的巨大水槽，房間裡躺了一名患者。

穿著單薄病患服的白髮少女。她全身接了好幾條管線，周圍則有許多檢測儀器正不停運作。

奇妙的是，理應沒有意識的她全身卻被銀色鏈條牢牢捆著。

布倫希爾德是出現於北歐神話的半神之女，據傳穿著鎧甲而沉睡不醒的女武神。那就是她身為特殊實驗體被取的名字。

「目前並未確認到大幅度變化。睡眠測波器的波形顯示，她處在慢波睡眠——深層非快速動眼睡眠的狀態。」

原本站在玻璃牆前的奧古斯托·尼森緩緩回過頭，望向伯爵。

身穿白袍的修長黑人。他並非萊馬特的員工，而「布倫希爾德」也不是歸伯爵所有。伯爵只是將研究設施借給他們，在立場上與他對等。

「微小的變化呢？」

從尼森近似固定詞的報告當中，伯爵聽出有些許內容跟平常不同，便向他提出質疑。

尼森則將視線落在眼前的儀器。

「我們觀測到低周波腦部活動於大腦皮質的後部區域減少，以及高周波腦部活動於其他區域增加。狀況目前仍在持續。」

「希望你能說明得好懂一點。」

「……意思就是，她正在作夢。」

伯爵不耐煩似的嘀咕，使得尼森用冷漠的語氣回應。

略感疑惑的伯爵揚起了眉毛。

若是持續沉睡，就會有作夢的情形。這個身為實驗體的少女也不例外。如此理所當然的事實卻讓人十分意外，因為至今以來從未有人覺得她具備當實驗材料以外的價值。

「『赤紅黃金』怎麼樣了？」

伯爵到此已失去對少女病情的興趣，就換了話題。

尼森納悶地回望他。

「關於F劑，我將改良過的MOD2交給少校了。接著要等他報告。」

「我沒有問那個，我在問你真正的『黃金』。」

伯爵稍稍加重了語氣。F劑完成後應當會成為出色的商品，但那並不是他真正想要的東西。

尼森明知道這一點，還賣關子似的靜靜搖頭。

「很遺憾，伯爵。她要覺醒過來仍需相當的時間。想取得新的靈液，得有具備意志的器皿。」

「表示還是得將櫛名田納入手中才行嗎……我明白了。打擾你了，尼森卿。」

伯爵藏起焦躁與失望，背對尼森。

離開房間前，他朝在玻璃對面沉睡的受驗者瞥了一眼，然後冷冷地放話：

「妳儘管作個美夢吧，死之處子。」

沉睡不醒的白髮少女在深眠之中始終帶著一抹微微的笑容。

†

『──唔哇～～怎麼會這樣！差一點點……差一點點就完美過關了耶。哎喲，為什麼我會在最後一刻失誤呢？』

『所以嘍，雖然我好久沒有開台直播了，節奏遊戲果然還是很好玩呢。好的，最後一首了，最後讓我再挑戰一首就好。下一首曲子就選……對，我最喜歡這首曲子。這是在我讀小學時流行過的……啊，對喔，伊呂波和音在設定上是一萬七千歲……咦！』

『──等一下，抱歉，我現在正在直播……怎麼了嗎？不會吧……？……有敵人？』

『……………………………………』

『〈本直播已經結束〉』

†

「八尋，請問這是什麼？」

珞瑟望著眼前種得井然有序的植物，用平淡的語氣問道。

在盛夏的烈日下，隨風搖曳的鮮豔綠葉很是耀眼。

「我看……是黃瓜吧。還有番茄跟毛豆……」

八尋望著許多露地栽培的熟悉蔬菜，茫然嘀咕。或許採收期就快要到了，這些發育成熟的蔬菜全都顯得鮮嫩有光澤。

「哦～～……原來日本的黃瓜是這種形狀，跟我知道的有點不一樣耶。」

茱麗蹲到田畝旁，像純真無邪的孩子一樣透露出感想。雙胞胎妹妹與戰鬥員們溫馨地守候著這一幕。

「欸，等等，太奇怪了吧！為什麼二十三區的中心會長出黃瓜啊？」

唯一保有冷靜的八尋朝這許多蔬菜吐槽了。

將搭乘的剛性充氣艇棄置在神田川河岸以後，他們抵達了東京巨蛋故址。

這附近遭受了大殺戮的嚴重損害，水道橋車站周邊的建築物幾乎都不留原形。東京巨蛋本身也被炸得蹤跡全無，已經化為巨大隕石坑。

八尋等人拜訪了與那座巨大隕石坑相鄰的庭院——過去被稱為小石川後樂園的都立公園，就撞見了這片蔬菜田。

規模還不至於用廣闊來形容，是只比家庭菜園強一點的小蔬菜田。

然而田地的土壤經過細心耕耘，雜草也拔得乾淨。

在魍獸徘徊的二十三區中心開墾蔬菜田——有違常理的異樣光景。

「我說，八尋啊，那面旗幟是什麼？有什麼含意？」

喬許一直在提防魍獸靠近，便注意到田裡有布條飄揚而發問。

寬度近一公尺且色彩花俏得嚇人的布料。儘管略顯褪色，八尋認得繪製在上面的圖案有何玄虛。那是迎合小學生設計的動畫角色。

「呃，那並不是旗幟，而是給小朋友用的床單。有人在這裡洗衣服。」

「洗衣服？」

喬許感興趣似的嘀咕。八尋也聽說過，有些國家並無將衣服洗好晾到戶外的習慣。能毫無戒心地將床單晾在外頭，不必介意治安或景觀，或許是滿稀奇的。

然而問題並不在那裡。能看見整齊對折後還用洗衣夾固定的床單，表示洗好晾出來沒經過多久。

至少，絕對不可能是從四年前就被擱置於此。

「啊……！」

在茫然杵著不動的八尋身旁，有人發出了遲疑的聲音。

金屬水桶掉在地上，匡啷啷地碰出尖銳響聲。

黃瓜藤對面站著一個戴草帽的少女。而在她旁邊，還有戴棒球帽的少年。兩者都比八尋年幼，頂多只有小學高年級。

「小……小孩？人類的小孩怎麼會出現在這種地方……？」

八尋連短刀都忘了要拿出來，還呆愣地瞪大眼睛。

過度的非現實感讓人頭昏腦脹，簡直像在作一場惡夢。

「你……你是誰？」

草帽少女一邊保護身後的幼小少年，一邊軟弱地喊道。

那句話讓八尋大吃一驚。因為她脫口說出來的，無疑是日文。

「妳是……日本人？」

八尋無意識地朝少女那邊踏出腳步。

少女見狀就繃緊了臉。她那雙望著八尋的眼睛裡浮現了純粹的懼色。

「呀啊啊啊啊啊……救、救救我們……！媽媽……！」

「唔哇啊啊啊啊──！」

兩名小孩放聲尖叫，讓八尋不知所措地僵住了。他早習慣被人視為日本人倖存者而遭到疏遠，像這樣受到畏懼卻是頭一次經驗。

棒球帽少年把手裡拿的番茄扔了過來，砸中八尋的肩膀而爛成一團。緊接著，喬許扯開了嗓門。

「八尋……！」

何必為了顆番茄慌成那樣──八尋一瞬間閃過了這種蠢念頭。搖撼大地似的震動，讓八尋領會到喬許出聲警告的用意。

從田地裡冒出的巨大身影在八尋眼前著地了。

身軀近三公尺高且酷似狒狒的猛獸。全身覆有虎斑硬毛，雙臂前端長著三道鉤爪，頭顱生了兩根巨大長角。是魍獸。

「──不行開槍！會射中那些小孩！」

喬許立刻準備開火，輕機槍就被茱麗粗魯地一腳踹開。

八尋則縱身後退，並且拔出了短刀。

然而魍獸未依預料發動攻擊。虎斑魍獸沒有從孩子們面前移動，只是發出低吼威嚇八尋等人。

「魍獸在保護人類……？怎麼會……？」

眼前上演的景象讓八尋大感混亂。

理應滅絕的日本人孩童提防著八尋，還有魍獸在保護那些小孩。這是以常識無法想像的情境。

虎斑魍獸的戰鬥力恐怕在級別Ⅰ跟Ⅱ中間，憑藝廊目前帶上八尋的戰力，絕非無法打倒的對手。

可是魍獸只打算保護孩童，並未展現出戰鬥的意志，要單方面對它展開攻擊就會讓眾人感到遲疑。

藝廊的戰鬥員們都顯露出困惑而採取不了動作。

大概是因為八尋等人受到威嚇還不逃走，虎斑魍獸就惱火地再次嘶聲咆哮。八尋反射性地架起刀，擺出備戰態勢。

一道純白閃光從這樣的八尋眼前疾馳而過。

「——唔！」

地面迸裂，衝擊將八尋震得後退。

全身像觸電一樣麻痺了，臭氧的異味強烈刺鼻，簡直像在極近距離被小規模閃電劈中的感覺。那道急雷的真面目是意在牽制八尋的威嚇攻擊。

「媽媽姊姊……！」

「彩葉！」

棒球帽少年與草帽少女都慶幸得救似的臉色一亮。

新的急雷落到遲疑的八尋等人面前。

颶風掃過，搖盪田裡的作物。

巨大魍獸隨著遠吠般的嘶聲低吼，著陸於八尋等人的跟前。

外型像是將狼、狐以及老虎摻在一塊的凶猛魍獸。

即使將長長的尾巴剔除在外，全長應該仍有七八公尺。優美的純白體毛迸出了帶電的青白色火花。

以魍獸的戰鬥能力來講，鐵定高於級別Ⅲ。考量到敏捷性與急雷的威力，它會是比霸下更加危險的魍獸。從外型與能力應能用「雷獸」一詞作為總結。

然而，讓八尋驚愕的並不是那隻陌生魍獸的外型。

純白魍獸的背上有一道人影。長髮飄逸的人類女性緊抓著魍獸，騎在它的背上。

有時尚感的高筒運動鞋配迷你裙，上半身所穿的紅豆色運動服則散發了絕妙的生活感。

那是個年紀與八尋相仿的年輕女性，女高中生風貌的十幾歲少女。

「你們兩個都進去家裡！凜花，京太拜託妳了！」

運動服少女仍騎在魍獸背後，還用日文喊道。

草帽少女連忙點頭，牽著幼小少年的手拔腿離去。

純白雷獸低吼，虎斑魍獸就跟著追向孩子們，其動作好似在護衛兩人。不如說，它本身正是一名忠實的護衛。

「喂！」

慢、慢著——八尋無意識地想要伸手。

隨後，急雷就落到八尋腳邊。

載著少女的雷獸以金眼瞪住八尋。雖然看得出它已經手下留情，若有閃失，威力凶惡的攻擊難保不會要命。

「你別動！」

運動服少女朝八尋怒喊。

「你們是怎樣！找我們家的小朋友有什麼事！」

「我才想問妳在搞什麼！妳是人類嗎？」

八尋舉著刀吼了回去。能將凶猛魍獸如手腳般任意操控的少女。身為不死者的八尋沒什

麼立場說這種話，但對方想必不是正常人。

運動服少女一邊警戒似的瞇細眼睛，一邊微微鼓起腮幫子。

「啥？我不是人類的話，那會是什麼？難道在你看來像天使嗎？」

「……欸，妳有夠厚臉皮耶……穿的運動服那麼土還敢自稱天使……」

少女毫不猶豫地將自己比作天使，使得八尋與其說吃驚，反而更覺得佩服。如果在心靈層面沒有這麼大膽，確實也不會騎到魍獸背上吧——八尋莫名感到服氣。

「囉、囉嗦！那些都不重要，你們立刻給我放下武器！要不然，我就要叫鵺丸它們動手了喔！」

少女滿臉通紅，怕羞似的破口大罵。

喬許等人則默默看著少女跟八尋的互動。少女的警告並沒有傳達給不懂日文的他們。

「妳說的鵺丸，是指那頭魍獸嗎？那傢伙究竟——」

是什麼名堂？八尋理所當然有疑問，卻被槍聲驀地打斷。

開火的並非藝廊戰鬥員。槍聲來自運動服少女後方，棒球帽少年他們逃走的方向。

「難道說，你們還有其他同伴嗎！」

臉色發青的少女跨坐在魍獸背上瞪八尋。

「同伴？」

八尋疑惑地環顧四周。

藝廊派到二十三區的戰鬥員全都在這裡了。

若有其他人偷襲，除了參加櫛名田捕獲作戰的別家民營軍事公司部隊，絕不做他想。表示有部隊用跟利用水路的藝廊部隊同等或更甚的速度突破了魍獸棲息區域，並且抵達這裡。

運動服少女大概是判斷再繼續對話也沒用，就不打算逼問八尋。相對地，她把手湊到白色魍獸的頸根，祈禱似的靜靜喚道：

「——鵺丸！」

魍獸短短地發出吶喊，隨即毫不遲疑地轉身背對八尋等人。

八尋只能茫然目送少女與魍獸一邊迸出青白色火花一邊疾奔遠去的身影。

6

「那女的……是什麼人？」

八尋勉強從原先的驚訝振作起來，然後走向雙胞胎。

當藝廊所有人都因為遇見操控魍獸的少女而亂了陣腳時，只有茱麗與珞瑟幾乎面色不改。她們反而還顯得有幾分愉悅。

「櫛名田啊。她就是櫛名田。」

茱麗啃起現摘的黃瓜，並且若無其事地回答。

「啥？」

八尋茫然地眨了眼。櫛名田，於二十三區受到確認，統率著大群魍獸的神祕個體。軍事大廠萊馬特國際企業不惜動員四間民營軍事公司，理應就是為了捕獲該目標物。

「我應該從一開始就告訴過你，這裡有統率魍獸的領袖存在。」

珞瑟傻眼似的嘆息，表情宛如望著駑鈍助手而百無聊賴的名偵探。

「妳們從一開始就知情，對吧！妳們都曉得櫛名田的真面目是日本人……！」

「可能性有考量到，雖然另有扶養家屬這一點就實在出乎意料了。」

珞瑟毫無愧色地斷言。

扶養家屬這個字眼讓八尋露出了錯愕的臉色。他想起一開始遇見的兩個小朋友，就是用「媽媽」來稱呼運動服少女。

「大小姐，RMS到了。他們正在北側跟魍獸展開戰鬥，該怎麼辦？」

喬許從麾下的隊員那裡接獲報告，便請示珞瑟後續要如何行動。

「姑且先觀望。讓他們帶走櫛名田固然惱人，但我們身為合作企業，總不好主動攻擊R

ＭＳ的戰鬥員。」

路瑟口氣沉穩地說道。接著她啟動了制服領口的通訊器問：

「孩子們逃進了哪棟建築物？」

『——已確認。我現在就分享位置資訊。』

透過通訊迴路傳來回應的人，是不知不覺中消失身影的魏洋。

原來他在那種狀況下還能進行跟蹤？八尋感到訝異。何止如此，或許路瑟就是為了打探孩童們隱居的地點，才會故意放他們逃走。

「魏洋，請帶你的班兵繼續搜索周圍，或許有其他路線可供脫逃。記得要盡量避免與魍獸交戰。」

魏洋對路瑟的指示簡短回答「了解」便切斷通訊。

「妳打算怎麼對待那些小鬼頭？」

八尋帶著嚴肅的表情瞪了路瑟。路瑟毫不畏懼地淡然回答：

「我會保護他們。那樣跟櫛名田談判的過程想必會比較順暢。」

「妳想拿小孩當人質？」

「你要那麼說也是可以。」

路瑟爽快承認，使得八尋說不出話了。彩葉——那名運動服少女被孩子如此稱呼，如果她真有能力操控魍獸，或許抓人質確實是有效的做法。

前提是，良心必須能承受拿年幼孩童當談判道具的苛責。

「還是說，八尋你要下殺手？像對付剛才的烏龜妖怪那樣，把那隻叫作鵺丸的魍獸也宰了。」

「這……」

茉麗用純真口氣問道，八尋便無意識地從她面前別開目光。

以往八尋殺魍獸從來不曾心生遲疑。不殺的話，自己就會被殺——單純的選項讓他毫無選擇餘地。

可是被稱作鵺丸的白色魍獸，還有另一頭虎斑魍獸，都斷無主動攻擊人類。被問到自己是否殺得了那種魍獸，八尋便做不出答覆。

珞瑟看似以看著苦惱的八尋取樂，並且放下了拎在背後的步槍盒。盒裡裝的並非槍械，而是細長的防水包裹。

「既然櫛名田的目的是保護小孩，她肯定會回來。所以嘍，八尋。」

「怎樣？」

「這東西先交給你。你的短刀已經不堪用了吧？」

八尋反射性地接下了珞瑟遞來的防水包裹。那東西比外觀看到的還沉重。八尋看見從防水布取出的道具以後，就愕然睜大眼睛。

「這不是我撿回來的刀嗎？」

「『九曜真鋼』——從平安初期一直到戰國末期，據說活了近八百年的刀匠『真鋼』以蛟血鍛造而成的傳奇大刀。」

「活八百年……欸，再怎麼說都不可能是真的吧。」

「嗯，恐屬虛傳。但是，你不覺得這柄刀讓身為不死者的你來用正合適嗎？」

珞瑟面無表情地指正。

八尋默默將嘴脣閉成一線。說實話，他並非首次揮舞貨真價實的刀劍，只是因為取得不易才會改用短刀。日本刀的刃長與鋒利度對八尋來說極具魅力，要對付像鵺丸那樣的大型魍獸，這肯定是有效的兵器。

「我可不會付妳錢。」

「就當成是額外給你的報酬吧。畢竟，你非要說服對方才可以。」

「說服？妳要我去說服那個土氣的運動服女？」

八尋蹙起眉反問。

雙方對彼此的第一印象糟透了，但要說服她的話，同為日本人的八尋應該能勝任。不管怎樣，能用日文溝通就是一大優勢。

「不，我是要你去說服那些小孩。首先得讓他們歸順。」

「我負責的工作不是帶路嗎？」

「如果你想就此回去，那我倒不會阻止。」

珞瑟直直地望向八尋。難道你想對倖存的日本人孩童視而不見？——她的視線彷彿帶著如此的弦外之音。

八尋微微嘆了一口氣。

照著珞瑟的盤算辦事固然令人不愉快，自己卻也沒辦法撇清關係。同為日本人並非唯一理由。自己擁有殺得了魍獸的血，卻遇上了能操控魍獸的少女——八尋不由得從中感受到某種機緣般的命運性。

「……只要讓那些小朋友知道我們並不是敵人就好，對吧？」

「是的。這件事交給茱麗也是可以，不過同為日本人的你應該比較適任。」

「交給茱麗？」

要說的話，用口才把對方哄得服服貼貼不是當妹妹（珞瑟）的比較得心應手嗎？八尋歪頭表示不解。珞瑟似乎看出了八尋的疑問，便垂下目光說：

「不知道為什麼，我總會嚇到小孩。」

「這、這樣啊。」

珞瑟面色不改地表示沮喪，讓八尋相當尷尬地望著她。

7

那棟建築座落在離黃瓜田約兩百公尺的隕石坑邊緣，顯得意外醒目。原本似乎是一塊被當成大型娛樂設施使用的園區。

大殺戮中發生的災害，使得近七成建築物受到殃及而倒塌，即使如此，要供孩童們居住想必還是寬敞有餘。

「真有人住在這種地方啊……」

跟包圍建築物的魏洋一班人會合之後，八尋仍難掩困惑。

之前看到的床單及其他清洗衣物，以及看似用來務農的鐮子與鋤頭，此外還有足球等等的遊樂器具——雜亂擺在建築物四周的生活用品都顯示這裡有生存者。

「八尋！有魍獸！右邊三點鐘方向！」

杵著不動的八尋背後傳來了喬許的怒喊聲。

「別鬧了，居然挑這種時候……！」

八尋焦躁得咬牙切齒，並將扛在肩上的刀改用左手拿。
東京巨蛋周遭是魍獸出現率極高的危險地帶。就算櫛名田棲息於此，其他魍獸也沒有理由不在這裡出沒。
新出現的魍獸有三隻。雖然種類各異，但全都是級別Ⅰ左右的小型魍獸。型態相對常見而普遍，八尋卻覺得這些魍獸的行動不對勁。
魍獸們連獵物數量都不確認就貿然衝過來，感覺簡直像倉皇地在逃離什麼。
『等一下……喬許……那頭魍獸……』
帕歐菈透過無線電制止了架起輕機槍的喬許一班人。
就在隨後，有另一群魍獸擋到衝過來的三頭魍獸跟前。
新出現的魍獸數目為二。八尋等人認得其中一邊，那是之前曾在農場護衛孩童們的虎斑魍獸。
『魍獸正在……自相殘殺……？』
「難道說，它們在保護那棟建築物──？」
帕歐菈與喬許同時發出了驚呼。
有三頭魍獸想靠近孩童住處，虎斑魍獸便予以迎戰。魍獸自相殘殺並不算罕見，但那仍是異樣的光景。這隻虎斑魍獸帶著同伴，正在保護人類的小孩。它們跟人類有共存關係。

「這就是櫛名田的力量……？」

八尋的背脊閃過一陣涼意。親眼目睹後讓他有了實際體會，櫛名田是危險的存在。她那操控魍獸的能力若遭到濫用，將會輕易打破全世界的軍事均衡。

另一方面，櫛名田的存在也帶來了希望。只要有她的能力，人類就能與魍獸共存，想重建這個被魍獸破壞殆盡的國家也並非不可能。

魍獸間的戰鬥，是數量落於下風的虎斑魍獸占優勢。

發動襲擊的三頭魍獸已受重創，明顯被逼到了不利的處境。換成普通動物，在這種狀況早就認輸逃跑了。

然而，有某種理由讓陷入恐慌的魍獸不停反抗。

那引發了虎斑魍獸與同伴意料之外的事態。

有個小孩並沒有察覺異狀而未即早逃跑，就獨自留在建築物外頭。

身穿夏季水手服的文靜少女，從款式看來疑似國中制服。魍獸當中有一隻注意到了那個少女的存在。

發動襲擊的魍獸似乎看穿了那個少女就是虎斑魍獸及其同伴的要害，其中一隻就把攻擊的矛頭轉向她那邊。外型樣似齧齒類的級別Ｉ魍獸。全身長刺的黑色松鼠朝少女躍身而去。

「——噫！」

少女因恐懼而皺起臉。

魍獸眼睛捕捉到獵物軟弱無力的模樣，便發出凶光。

那頭魍獸的側臉隨即被無數鉛彈貫穿。珞瑟架起對付魍獸用的ＰＤＷ，並且視近一百公尺的距離為無物，將三十發裝的彈匣全部轟了過去。

漆黑魍獸身形不穩，卻還是安然著地。ＰＤＷ的火力遠比手槍高，但對付魍獸就幾乎沒有殺傷力。

然而，那發揮了爭取幾秒鐘時間的效果。

時間足夠讓八尋接近魍獸。

「妳趴下！」

八尋開口警告少女，並且拔刀出鞘。九曜真鋼弧深刃長，理應不是好使的兵器，八尋用起來卻不可思議地順手。

八尋割開自己的手掌將血抹上刀刃，再出招砍向漆黑魍獸。

效果奇佳。魍獸灑出漆黑瘴氣，如爆炸般猛然消滅。

「妳還好吧？有沒有受傷？」

八尋保持在揮刀的姿勢，只將視線轉過去問了少女。

少女對陌生人的關心感到遲疑，但還是急忙點點頭表示自己不要緊。大概是用日文發問奏效了，她好像已經將八尋當成自己人。

在這段期間，虎斑魍獸那邊的戰鬥也跟著結束了。發動襲擊的兩頭魍獸遭受致命攻擊而消滅，勝利的虎斑魍獸及其同伴則是對八尋投以警戒的視線，但或許是因為水手服少女在旁邊，它們並無立刻動身攻擊的跡象。

這樣雙方就勉強可以對話了。如此心想的八尋總算鬆了口氣。

急雷隨即在八尋眼前迸出電光。

「絢穗！」

青白色火花環身的魍獸衝散路上的瓦礫趕到現場。騎在魍獸背上的是那個被稱作彩葉的運動服少女。

魍獸揚起沙塵靜止於八尋等人的眼前。彩葉顧不得裙襬外掀就從魍獸背上跳了下來。

「放開我們家的小朋友——你這可疑人物！」

彩葉甩亂頭髮闖到八尋面前，然後將水手服少女帶開。八尋稍微被彩葉的氣勢嚇著了，卻還是回嘴：

「——欸，妳叫誰可疑人物！」

「會拿著日本刀追趕女生的人，不叫可疑人物要叫什麼！」

彩葉張開雙臂護著背後的少女，並且開口吼道。

八尋回不了嘴而語塞。大殺戮讓他的觀念麻痺了，可是聽彩葉一說確實有理。

「不是的，彩葉！這個人從野生魍獸面前救了我……！」

水手服少女似乎不忍心看八尋詞窮，就幫忙對彩葉說明。

彩葉訝異似的交互看了看少女與八尋，然後問：

「……他救了妳？這個可疑人物，救了絢穗？真的嗎？」

「我就說自己不是可疑人物啦，土運動服。」

「你別吵！我又不是喜歡運動服才穿的——」

其實彩葉似乎很在意服裝被人嫌土，就紅著臉開口反駁，然後她那句話忽然中斷了。彩葉將眼睛睜到幾乎快要蹦出來，還仔細盯著八尋。

「欸，你會說這套運動服土……難道說，你是日本人？」

「對啊。」

原來妳到現在才察覺嗎——如此心想的八尋傻眼地點了點頭。

彩葉又驚又喜地亮起眼睛，並且朝八尋逼近。

「真的嗎！之前你都在哪裡做些什麼！有沒有其他存活的日本人？」

「……別的地方大概還有吧，但是我不知道在哪裡。」

八尋覺得彩葉的反應有一絲不對勁，同時也漠然搖了搖頭。

「不說那些，你們究竟是什麼人？該不會從大殺戮之後就一直在這裡生活吧？魍獸為什麼會保護你們？」

被八尋接連問了好幾個問題，這次就換彩葉露出難為情的臉色了。彩葉似乎在猶豫要不要對人明說自己有能力操控魍獸。

「呃……這個嘛……」

彩葉躊躇了一陣子才下定決心似的準備開口。

然而她接著要說的話被突如其來的巨響抹去。

彷彿有碩大岩塊砸了下來，沉重的衝擊搖撼地面。建築物牆壁遭到粉碎，從旁來襲的爆壓讓八尋等人摔倒。

漆黑瘴氣與肉片四散灑落，有兩頭魍獸緩緩地崩解了。

虎斑魍獸及其同伴為彩葉擋下飛來的戰車砲彈，迎來了如此的結局。

8

「──斑斑！三花！」

當爆炸的巨響讓耳朵陷入麻痺時，彩葉發出了沉痛的尖叫。

那應該是兩頭魍獸的名字。從彩葉分別幫它們取名字的那一刻，感覺便能明白她與魍獸們的關係。它們對彩葉來說就像家人一樣。

「八尋，開火的是RMS的輪甲戰車。」

魏洋與他的班兵趕來八尋等人身邊。他們之所以用不靈光的日文講話，大概是為了避免刺激彩葉她們。

在坡度平緩的台地上可以看見輪甲戰車的粗獷身影。儘管隔了近一公里的距離，因為周圍建築物都已受到大殺戮破壞，沒有任何物體遮蔽它的射線。要是再繼續承受砲擊，這附近的人類肯定會全滅。

然而，受到戒懼的輪甲戰車並沒有向八尋等人開砲。

相對地，有人類戰鬥員從三個方向接近而來，其人數將近五十名。戰力之龐大接近比利士藝廊的四倍。

「為什麼！你們為什麼這麼狠心！」

彩葉灑落大顆淚珠，逼問八尋。

「冷靜點！那些傢伙不是我們的同夥！」

八尋用毅然的口氣斷言。

精確來說，ＲＭＳ是跟比利士藝廊參加同一項作戰的合作企業，但是八尋並沒有把他們當成自己人，初見面就被連射三發子彈更是結下了怨仇。

「何況對普通人而言魍獸是敵人。或許他們不是要發動攻擊，而是打算保護妳們啊！」

「話都是你在說……！」

彩葉的聲音隨之顫抖。

八尋知道自己說的話並非事實。可是，彩葉似乎也明白跟魍獸共存的自己這些人屬於異類。她一時之間無法反駁而沉默下來。

「媽媽姊姊！」

「彩葉！絢穗！」

建築物遭受戰車砲攻擊，孩童們紛紛從裡頭跑了出來。總共有六人，當中也包含在農場遇見的兩個小孩。他們全是在國小學齡區間的兒童。

「蓮！希理！還有穗香跟瑠奈，你們都還好嗎！有沒有受傷？」

彩葉將孩子們統統抱到懷裡。孩子們怕歸怕，另一方面卻能感受到他們都對彩葉懷有絕對的信賴。

為了不辜負那份信賴，彩葉露出堅強的表情抬起臉。

「鵺丸！拜託你！」

純白雷獸對彩葉的呼喚點了頭，並且上前保護他們。接著它發出聲音優美的咆哮。好似在呼應那聲咆哮，從周圍的廢墟陸續有魍獸現身。

總共八頭，全是種類互異的魍獸。然而它們像由單一意志率領的群體，同時朝著RMS的部隊侵襲而去。

統率魍獸的櫛名田之力。魍獸受彩葉吸引，就會為了保護她而主動採取行動。

彩葉等人能在二十三區中央存活到現在，正是因為有魍獸保護他們。

「原來如此～～……跟小珞說的一樣呢。櫛名田真是厲害。」

茱麗不知不覺中來到八尋身旁，還亮起眼睛用日文向彩葉打招呼。

彩葉困惑似的瞇細眼睛。或許是因為茱麗穿著跟八尋相同的制服，彩葉似乎暫且不把她當成敵人。

「櫛名田……？妳是在說我嗎？」

「對不起喔，因為我不曉得妳的本名，就擅自這麼稱呼了。還是說，我也叫妳媽媽比較好？」

「我可不記得自己什麼時候成了妳的媽媽。」

彩葉當然是面有難色。即使撇開彼此初次見面這點不談，茱麗跟彩葉屬於同一個年齡層，被當母親對待難免會有不滿吧。

然而，茱麗莫名失望似的垂著頭說：

「這樣啊～～……不可以嗎～～……但是，既然妳能操控魍獸，我覺得要確實指示它們去將敵人殺掉比較好喔。畢竟那些人不是嚇唬一下就願意逃回家的。」

「叫它們……殺人，那怎麼可以……」

「否則，它們只會死在敵人手上喔——」

茱麗落寞地對躊躇的彩葉投以微笑。

就在隨後，跟魍獸交戰的ＲＭＳ部隊發生了異變。

原本持續不斷的槍響忽然停歇。戰鬥員們拋開槍械，換成徒手挑戰眼前的那些魍獸。

當然，血肉之軀的人類不可能敵得過那些魍獸的體能。他們立刻遭到反擊而輕易地飛了出去。

由於魍獸有手下留情，戰鬥員們並沒有死。但他們當然無法全身而退，只是保住了性命，傷勢明顯嚴重到不可能再戰。

即使如此，戰鬥員們仍未停止戰鬥。全身沾染鮮血的他們像幽魂一樣起身，並且再三向魍獸挑起戰端。

那些戰鬥員的肉體逐漸變了樣，骨骼扭曲，肌肉肥大化，全身的皮膚被鱗片包覆，還開始冒出棘狀的突起物。

他們的模樣已經不能稱為人類。那是直立的爬蟲類——蜥蜴人（Lizard Man）。

「那些傢伙……跟當時一樣……！」

戰鬥員們的轉變讓八尋發出驚呼。他們化為蜥蜴人的模樣酷似三天前的夜晚，曾與雙胞胎交手，隸屬組織不明的那個戰鬥員。

然而，跟那晚的男子相比，他們怪物化的層次（Level）明顯提升了。ＲＭＳ的戰鬥員們幾乎不留人類面貌，戰鬥力也隨比例獲得提升。

彩葉喚出的魍獸之一承受不住蜥蜴人猛攻，因而消滅。

均勢一度瓦解以後，後續轉變就在短瞬之間。贏在人數的那些蜥蜴人反覆展開不顧防禦的魯莽突擊，累積起來的傷害讓魍獸陸續倒下。

彩葉臉色蒼白，眼裡則茫然望著那幕景象。

茱麗的指正並沒有錯。彩葉命令鵺丸喚來同伴，還要它們手下留情避免殺人，使得保護她的那些魍獸都被消滅了。如此的事實讓彩葉受了重挫。

八隻魍獸全滅之後，已經無人能攔阻ＲＭＳ的侵襲。

化為蜥蜴人的戰鬥員們彷彿在炫耀過人腳力，悠然朝八尋他們所在的台地接近而來。

部隊前方有最初開砲的那輛輪甲戰車領頭，在戰車車頂上則有部隊長費爾曼・拉・伊路的身影。

「法夫納兵嗎……原來如此，我一直覺得不可思議，他們怎麼能抵達二十三區的中心地帶。萊馬特已將『MOD2』導入實用階段了。」

珞瑟自言自語似的嘀咕。

法夫納兵——那似乎是蜥蜴人的正式名稱。所謂法夫納，是出現在北歐神話的巨龍名稱。然而據說它原本是人類，並非先天就生而為龍。法夫納獲得受詛咒的黃金，才會為了保護那塊黃金，捨棄人類軀體化身為龍。對於用金錢聘來化成怪物的RMS戰鬥員而言，應該是相配的稱呼。

「我是費爾曼．拉．伊路。比利士藝廊的各位，有勞你們將櫛名田逮住。」

費爾曼從停住的輪甲戰車上頭朝珞瑟等人喊話。

藝廊戰鬥員全都圍在彩葉以及孩童們身邊。如果觀者有心，確實會覺得他們將彩葉包圍住了。

「櫛名田就由我們RMS的人進行護送。將她交過來。」

費爾曼的口吻固然客氣，卻不由分說地單方面在要求人。

其間，法夫納兵仍節節拉近距離。憑藉他們經過強化的肌力，這是可以在轉瞬間對八尋等人出手攻擊的距離。

「請問這是怎麼回事，費爾曼少校？櫛名田的所有權，不是歸屬於先逮到她的我方才對嗎？」

路瑟用平靜的語氣予以指正。

ＲＭＳ雖是贊助者萊馬特國際企業旗下的子公司，然而在契約上不過是參與櫛名田捕獲作戰的合作企業之一。他們跟藝廊的地位是對等的。

於是費爾曼也沒有反駁。他看似認同地對路瑟說的話點頭，然後露出刻薄笑容告知：

「對。所以，只要沒有你們這些人，其權利便自動歸我方所有——」

「——喬許！」

「噢！」

費爾曼揮下高舉的手臂，與喬許開槍是在同一時刻。

毫不留情地撒出的榴彈落在ＲＭＳ的隊列，一舉炸飛那些法夫納兵。

同時魏洋與帕歐菈也帶著底下班兵開始應戰。他們用輕機槍掃射了逃過剛才榴彈的ＲＭＳ戰鬥員。

然而，即使直接挨中對付魍獸用的高威力彈頭，法夫納兵也不會倒下。他們所用的藥劑是被稱作ＭＯＤ2的改良型，變身後的肉體耐久力與痊癒力，都遠遠高出之前跟八尋交手那一次。

「嘖……！」

這樣下去藝廊不會有勝算——八尋如此判斷後，就朝著面前的費爾曼疾衝而去。他的護衛仍是人類之軀，八尋踹開了那些戰鬥員，並且拔刀指向費爾曼的喉嚨。

「別動，費爾曼・拉・伊路。」

八尋厲聲警告。

費爾曼則看似有些愉悅地望著這樣的八尋。八尋知道費爾曼拔槍射擊有多快，但他卻無意將手伸向自己的配槍。

「你這是什麼把戲，日本人少年？」

「把你的那些部下撤走。你的年紀不應該執著於那種小女生吧，大叔。」

八尋刻意用挑釁的語氣說了。他認為不先打破費爾曼的從容態度，談判就無法成立。

費爾曼卻面色不改，只在眼裡浮現輕蔑之色。

「但我聽說，你是受僱於比利士藝廊的嚮導？」

「要提到那項委託的話，我已經完成了。雖然我還沒收到報酬。」

「是嗎……既然如此，即使殺了你也不用賠償損失嘍？」

費爾曼從喉嚨格格發笑。他依然將雙手張開到與肩同高，彷彿在表示自己毫無抵抗的意思。

然而在下一刻，八尋的腹部就遭受了衝擊。有近似騎槍（Lance）的銳利物體刺穿八尋的軀體，並且一舉貫通至背部。

「怎麼搞的……這是……！」

八尋一邊咳出血塊一邊驚呼。

覆有鐵灰色鱗片的生物的尾巴將八尋的軀體貫穿了。既長又大的尾巴從費爾曼背後長出，化成了凶猛的突刺武器攻擊八尋。

「法夫納劑『ＭＯＤ３』——很遺憾，少年，我才是龍人的完美型態。」

費爾曼出聲嘲笑後，肉體便逐漸變為法夫納兵的樣貌。

自稱完美型態的費爾曼連投藥都不必，即可藉著自我意志變身。不過，在八尋理解這一點時，費爾曼已經完全變身完畢。他的喉嚨覆有堅韌鱗片，使九曜真鋼的刀刃被輕易彈開。

「咕……喔……」

刺穿身軀的尾巴被拔出，八尋踉蹌地後退。

費爾曼看似滿意地望著這樣的八尋，還舉起右手的鉤爪。

「對了對了，記得你那套制服內藏護甲。那這次我要確實地給你致命一擊——」

「——唔！不可以！你快住手——！」

彩葉察覺到費爾曼的意圖，因而叫了出來。

化為龍人的ＲＭＳ部隊長卻隨意將右手一劃，割斷了八尋的喉嚨。八尋被自己噴出的鮮血染濕全身，仰頭倒下。

「唔哇啊啊啊啊啊啊啊啊啊啊啊——！」

彩葉抱著頭哭倒在地。

八尋在模糊的視野當中望著她那副模樣。

真是件怪事，八尋感到不可思議。

八尋不懂她為何要為剛認識的自己哭泣。接著八尋總算回想起來，在大殺戮發生之前，她對生死的觀念才是正常的。

錯的並不是她，是這個世界有了改變。

純白雷獸對彩葉的激情產生反應，發出了嘶吼。

先前無從比較的強猛雷擊灑落，一口氣將周圍的十幾個法夫納兵化為黑炭。狂雷仍未止歇，使輪甲戰車也隨之爆散，因為內部的戰車砲彈引發了殉爆。

「原來如此。這就是櫛名田的力量啊……」

費爾曼佩服似的嘀咕。即使如此，他的嗓音仍保有餘裕。

「但是，對我來說已經不足為懼——」

費爾曼解除龍人變身，拔出了手槍射擊雷獸。

當然，這點程度的攻擊對魍獸不管用。在狂亂的雷獸面前變回人類面貌，感覺只是自殺行為。雷獸迎面挨中數發手槍彈，就厭煩似的甩了甩頭。

雷獸究竟有無察覺，對方那樣挑釁都是為了將自己從彩葉身邊引開──

「鵺丸──！」

純白魍獸為了攻擊費爾曼而躍起，半截身軀就炸開似的彈飛了。

巨響間隔片刻才傳出。待命於一公里遠的輪甲戰車開砲重轟，以超音速飛來的戰車砲彈將雷獸精準打穿。

縱使魍獸再怎麼以堅韌肉體為豪，也不可能撐得過戰車砲直擊。失去全身近七成的巨軀滾倒在地，瘴氣流失四散。

「怎麼會！鵺丸，你振作一點！鵺丸！」

彩葉依偎著雷獸的亡骸哭喊。有幾個法夫納兵逮住了她。雖說彩葉擁有操控魍獸的能力，她本身依然是軟弱無力的少女。根本無法掙扎的她被拉開雷獸身旁，然後便直接被帶往費爾曼那邊。

「不行，公主！大小姐！戰線撐不住！」

「子彈……不夠用……」

喬許與帕歐菈各自開口叫道。藝廊的戰鬥員們正把彩葉扶養的那些孩童集中於一處保護，因為那是雙胞胎下達的指示。

然而，原本寄予一線生機的雷獸倒下了，如今再怎麼守也已經來到極限。就算對方赤手空拳，要打倒以異常耐力為豪的法夫納兵會消耗比正常高出好幾倍的彈藥。現在彈藥正要面臨見底。

「不要緊。來了——！」

茱麗用滿懷把握的語氣嘀咕。

同時，世界隨之轉暗。雷鳴般的低吼聲讓大氣震顫作響。

翼龍形（Wyvern）、翼獅型（Griffon）、昆蟲型，各種可飛行魍獸占滿了天空。操控魍獸的櫛名田化身。

二十三區中的魍獸對彩葉的哀戚起了反應，正朝著這裡集結而來。

「我們撤退，茱麗！」

「知道了。ＮＩＮＪＡ——！」

配合珞瑟的號令，茱麗朝周圍撒出了銀罐。含有強烈臭氣的催淚瓦斯從中噴發。

那股臭氣對於魍獸還有法夫納兵以藥劑強化過的感官備加管用。視野遭到剝奪的眾多法夫納兵陷入輕度慌亂，藝廊戰鬥員們便開始趁隙逃走。

「豈有此理……數目這麼龐大的魍獸全是她召來的嗎……！靠什麼手段？」

另一方面，受召喚而來的魍獸數量則讓費爾曼難掩動搖。

集結至此的不只是可飛行魍獸，連地上型魍獸也從廢墟市區的各個角落現身，並且朝費爾曼等人逼近。感覺它們並不像白色雷獸那樣完全受彩葉控制，只會順從發自本能的衝動。恐怕是彩葉的能力失控，便無窮盡地將魍獸吸引過來了。

面對數量這麼多的魍獸，就算是法夫納兵也免不了全滅。

費爾曼已經決定棄部下於不顧。如果要突破魍獸包圍，身為完美型態(MOD3)的他有自信能獨自逃離。剩下的問題在於自己該不該冒著被魍獸追的風險將櫛名田帶回去——

為了做出判斷，費爾曼將目光轉向彩葉。霎時間，他大感驚愕。

原本抓住彩葉的法夫納兵都噴出鮮血倒下了。

代他們將彩葉摟在懷裡的少年是理應絕命的日本人——八尋。應被費爾曼貫穿的腹部傷勢痊癒了，應被割開的喉嚨也完全恢復原樣。

只有濡濕全身的鮮血還保留著他曾受傷的痕跡。

「豈有此理……！」

費爾曼拔出手槍開火，幾近無意識的突襲——然而，從短短數公尺內發射的槍彈卻被八尋用左臂擋下。槍彈並未貫通他的手臂，還迸出火花彈開。深紅鎧甲裹覆於理應是血肉之軀的手臂上，防禦了費爾曼開的那一槍。

「豈有此理……那條手臂……你這小子怎會使用『弒龍者(Sigurðr)』的力量……！」

費爾曼扔掉手槍，振臂高舉化為龍人的右手鉤爪。

「啥？誰曉得！」

手裡握刀的八尋一閃而過，尖銳的金屬碰撞聲響起。八尋的刀已被費爾曼化為龍人的肉體一度彈開。然而，濺出鮮血碎裂的卻是費爾曼那條覆有銀色鱗片的手臂。

「嘎啊啊啊啊啊啊啊啊啊——！」

費爾曼發出了怪物般的哀號。

八尋無視這樣的他，蹬地就衝。蜂湧而至的大群新魍獸不分敵我，朝入眼的一切展開了攻擊。藝廊的那些戰鬥員早已帶著孩子們撤退，八尋沒理由在這種地方久留。

「我們逃，彩葉！」

八尋對著像行李一樣抱在腋下的少女說道。

「不要……不可以！鵺丸……！別擱下鵺丸！」

彩葉則像孩子似的一邊抽泣一邊使勁搖頭。她把手朝著雷獸橫躺於地的屍體伸去。

八尋硬是將掙扎的彩葉按住，傾全力疾奔。

「不要啊啊啊啊啊啊啊啊啊啊啊啊啊啊！」

在魍獸所籠罩的天空底下，被稱作櫛名田的少女淒厲尖叫，聲音不絕於耳。

第三幕 逃之夭夭

CHAPTER.3

1

八尋抱著彩葉跑了近一個小時才總算停下腳步。

舊文京區與舊豐島區的邊界附近，據說有知名文豪立墳於此的墓園前。

八尋會有這種媲美一流體育選手的異常持久力，是應用了不死者肉體所具備的再生能力。硬是排除肌肉纖維的損傷以及疲勞物質的累積，藉此強行讓身體持續運作。

然而就算能修復肉體，並不代表痛楚與疲倦就會隨之消失，八尋受到的消耗將隨著時間飛速加劇。再加上之前戰鬥的傷害，八尋的肉體早已面臨極限。

「逃到這裡，總該沒問題了吧……」

趁身體還沒有累得完全無法動彈，八尋找了一棟合適的廢棄大廈進去。

大廈裡有間小超商的留存狀況相對良好。生鮮食品當然都腐敗了，但一部分零食及罐頭好像還能吃。

RMS至今似乎仍在與那些魍獸交戰，從八尋他們的背後不時有槍響斷斷續續傳來。八尋他們沒有碰上那些魍獸，還能成功甩掉RMS的追蹤也是因此所致。

「……受不了，有夠痛耶。對人又咬又抓的……我是在帶妳逃跑，至少乖乖地讓我扛著吧。」

八尋一邊調適紊亂的呼吸，一邊把抱在手裡的彩葉扔到地板。

在八尋累得失去感覺的雙手上留著無數齒痕與抓傷。那是彩葉哭叫著要他擱下自己，強烈抵抗的痕跡。

「囉嗦。什麼嘛，跟我計較那種小擦傷……」

彩葉用哭得紅腫的眼睛往上瞪了八尋。現在的她就像鬧脾氣的孩子，看起來比最初見面時年幼得多。

「——對了，傷口！你的傷呢！那個像演員一樣的外國人割斷了你的喉嚨——」

彩葉似乎回想到之前的狀況而站起身，急忙湊向八尋。她目睹了八尋被費爾曼·拉·伊路殺害的那一瞬間。

「不用擔心。反正我不會死。」

八尋判斷事情實在瞞不過，就將理應被砍傷的脖子亮給她看。

彩葉愕然睜大了眼睛。

「你說……你不會死，為什麼？」

「天曉得。說不定，我早就已經死了，在四年前的那時候——」

八尋看似不領情的回應讓彩葉沉默了。

四年前，大殺戮。對經歷過那場慘劇的人而言，不需要更進一步的說明。除非有某種奇蹟或異秉，否則沒辦法從大殺戮存活下來。彩葉擁有操控魍獸的異稟，當然也明白這一點。

「……你為什麼要救我？」

彩葉換了語氣靜靜地問道。

八尋抱著頭當場坐到地上。

「唉……我為什麼會救妳呢……」

「啥！意思是你擅自救了我還覺得後悔嗎！」

彩葉似乎沒想到八尋會有那樣的反應，難免就受了動搖而顯露慍色。

「我並沒有後悔啦。畢竟當時的狀況又不容我選擇救誰。」

八尋語帶嘆息地嘀咕。

「只是委託者死掉的話，就困擾了。我還沒有領到報酬。」

「你說的委託者……是什麼意思？」

彩葉的嗓音添了幾分冷漠。八尋的語氣也跟著變敷衍。

「我是拾荒人啊，專門把留在二十三區裡的美術品或工藝品撿回去，再轉賣給海外的富豪。」

「……那就是小偷嘛。」

「或許啦。可是，那些東西就算保留在現在的日本，保存的狀態也只會越來越壞，還不如讓海外的收藏家陳列在豪宅裡比較好吧？」

「也許……是那樣沒錯……」

八尋爽快地承認自己的過錯，使得彩葉表情不滿歸不滿，講話卻支吾其詞。

「……等一下。你明明在做那種工作，為什麼會跑到我們住的地方？」

「因為有人那樣委託我。對方要帶妳回去，就叫我負責領路。」

「帶我回去……？為什麼？因為我長得可愛？」

彩葉吃驚似的眨起眼睛。

「我從最初見面時就在想，妳怎麼會把自己看得那麼高……？」

八尋不知道該如何反應，便自言自語似的嘀咕了一句。

彩葉只看五官確實相當漂亮，現在卻處於哭花了臉的狀態，還穿著土氣的運動服，使得八尋要老實認同她長得可愛會感到抗拒。如果退一百步，從彩葉表情總是變來變去這方面來看，八尋倒還可以承認她有寵物般的魅力。

「精確來說，我聽見的說法是魍獸群體中有相當於帶頭的老大存在，所以業主就想將它捉住。沒想到，那個老大居然會是日本人女性。」

「說我在群體中帶頭……才不是那樣。鵺丸他們是我的家人……」

先前的強悍態度成了一場空，彩葉沮喪地垂下目光。

然後，她硬是要打起精神似的拍了自己的臉頰。

「等一下。你們以為魍獸裡有老大，該不會是想像成跟猴子王一樣吧？」

「委託我的業主似乎隱約知道真相就是了，畢竟她們叫妳櫛名田。」

沒禮貌——彩葉氣得埋怨，八尋則無視她，繼續解釋。

不知道為什麼，彩葉卻服氣似的深深點頭說：

「櫛名田是日本的女神嘛。這樣啊，女神……那肯定就是指我。」

「妳這女生有夠煩的……」

「所以說，把我帶回去之後，你原本會領到什麼報酬？」

彩葉用怪罪的語氣問。

八尋不友善地簡短回答：

「妹妹的情報。」

「咦？」

「我原本會得知從四年前就下落不明的妹妹人在哪裡。」

「呃……是嗎？總覺得，對你很抱歉……」

彩葉不知所措地視線亂飄。逼八尋親口說出妹妹下落不明，似乎讓她產生了罪惡感。

「妳沒什麼好道歉的吧。」

八尋帶著苦笑聳聳肩。

「何況，又還沒確定我的委託者已經死了。她們好像帶著妳的那些小孩，比我們早一步先逃啦。」

「……呃，我覺得有聽見無法忽略的字眼耶。什麼叫我的那些小孩？你怎麼講話的啊？要也該說是我的弟妹吧！」

彩葉揚起眉抗議。八尋納悶地回望她問：

「弟妹？可是，他們不是都叫妳媽媽？」

「儘奈！」

「啥？」

「我是說我的名字叫儘奈彩葉！他們才會那樣叫我！」（註：日文的「儘」字音同媽媽）

彩葉把手湊到自己胸口強調。八尋一時間沒能理解那是在說什麼，就愣著凝望她。

「啊～～……原來是這樣喔。真容易搞混耶。」

「囉嗦。居然說別人的名字容易搞混，你這樣很沒禮貌吧！」

彩葉生悶氣似的噘嘴。被人拿名字調侃，對她來說應該不是頭一次。

「所以說，你呢？」

「我？」

「我在問名字啦，名字！要怎麼稱呼你才好？」

「我叫八尋，鳴澤八尋。」

「ＯＫ，八尋是吧。」

我記住了——彩葉理解似的兀自點頭。

「歲數呢？你多大？」

「年齡？呃，現在是西元幾年？我記得自己在大殺戮開始時是十三歲……」

「十七歲？不會吧，那我們同學年（同輩）嘛！你幾月出生的？」

「我說妳啊，現在哪有什麼學年……」

彩葉說的話有幾分不搭調，讓八尋忍不住噗哧笑出來。彷彿同學間聊天的懷念感。八尋好久沒有體會到這種心情了。

「是喔……原來我們兩個同年……之前身邊都沒有年長的男生，大家肯定會很高興，蓮、希理、京太也能多個玩伴……」

彩葉提起了弟妹的名字，高興地笑逐顏開。可是，她的聲音在中途變得沙啞，還夾雜打嗝般的嗚咽聲。

「但是，我可不許你隨便碰我的妹妹們喔。因為她們都是好孩子……無論絢穗……還是凜花……她們……都很可愛……她們……」

彩葉看似承受不住地捂著眼睛，並且低下頭。

彩葉的弟妹們遭受ＲＭＳ部隊襲擊，目前都安危不明。同一陣線的魍獸已經被殺，再也沒有人保護孩子們。

即使要安慰彩葉，八尋也想不出自己該對她說些什麼。八尋明白，無論怎麼開口都不過是寬心之詞。

失控的大群魍獸與法夫納兵陷入混戰。要活著從那種局面脫逃，即使是藝廊戰鬥員應該也有困難，年紀小小的孩童要生存更是無望。就算八尋他們都在現場，也改變不了那些孩子的命運。

彩葉也明白其中道理，所以她沒有責怪八尋，只是壓抑著聲音哭個不停。

這段讓八尋覺得乾脆要罵就罵還比較痛快的苦悶時間，被突然發出的電子音效打破了。

八尋的腿掛包裡有東西正在頻頻震動。

「是什麼……聲音……？」

彩葉含淚抬起了臉。

「這是之前茱麗塞給我的……」

八尋從腿掛包取出不停震動的小包裹，瞇眼細看。

用高級西洋點心店的包裝紙包好，尺寸跟板狀巧克力一般大的點心盒。

『呼叫八尋～呼叫八尋～～……你看得見畫面嗎～～？』

頭髮挑染成橘色的少女在螢幕上親暱地揮著手。

從點心盒裡冒出了手機尺寸的無線通訊器。顯示的影像實在稱不上順暢，但聲音清晰，雜訊也少。回應讓人感覺略有遲緩，大概是通訊內容經過複雜加密所致。

「……茱麗？盒子裡面怎麼會有這台通訊器？這不是裝點心的嗎？」

八尋亮出撕開的包裝紙，一邊向茱麗葉·比利士提問。早知道有通訊器，彼此明明可以更快取得聯繫——八尋的語氣含有繞個圈子的責備之意。

然而，茱麗困惑似的歪頭說：

『咦？裡面沒裝點心嗎？有一顆汽水糖。』

「這東西是食玩嗎！」

八尋發現點心盒底有顆聊勝於無的汽水糖，就感到渾身無力。即使要聲稱是點心附送的，無線通訊器未免太占空間，兩者重要性也天差地遠。

『看來你保住櫛名田了。』

通訊對象換成了珞瑟，她大概是認為交給姊姊會扯個沒完。八尋的旁邊有彩葉在，這一點似乎也透過通訊器的鏡頭傳達給珞瑟她們了。

「妳們那邊呢？成功脫離二十三區了嗎？在那種狀況下，妳們是怎麼辦到的？」

『事先就安排好可供選擇的脫逃手段了。雖然這讓我們用掉了一張王牌。』

珞瑟用缺乏情感的語氣回答。關於所謂底牌的細節，她似乎無意說明。

「沒有任何人死嗎？」

『有人負傷，但藝廊的戰鬥員無人員折損。櫛名田——儘奈彩葉扶養的小孩們也全都平安。』

「真的嗎！絢穗他們都活著嗎！」

彩葉尖叫出聲，還打斷八尋他們的對話。

珞瑟將鏡頭移位，讓螢幕映出孩童們在同一個空間的身影。

他們似乎待在大型車輛中，橫向的座椅上有七個小孩依偎坐成一排。雖然看得出疲勞與緊張之色，但好像沒有受到嚴重的傷。

『儘姊姊……？』

『真的是妳嗎，彩葉？』

『喔，看到彩葉了耶。』

孩子們各自開口叫了彩葉的名字。

「瑠奈……穗香……太好了……」

彩葉聽見他們的聲音，就放心得當場癱軟。接著她直接放聲哭了起來。

搞不懂誰才是小朋友耶——八尋冷靜地在旁觀察。猛一看，那些孩子似乎也在苦笑。

「然後呢，這台通訊器是什麼名堂？」

珞瑟再次映在畫面上，八尋便向她問道。

『那是密碼通訊器，能偽裝你的位置資訊與通訊內容。』

「表示妳們從一開始就料到萊馬特會與我們為敵。」

八尋用怨恨的眼神看了珞瑟。

單純對付魍獸不會需要密碼通訊器。在作戰開始前，珞瑟她們就知道萊馬特會背叛了。

而且，對八尋沒有提醒任何一句。

『迴避風險是做生意的基本啊。』

珞瑟平靜地答道。

『不過，那台通訊器只能使用一次。用上第二次，密碼型態就會遭到分析，使你們有高機率遭到敵人鎖定。基於相同的理由，我們也無法長時間進行通訊。』

「我的位置資訊洩露出去，會有什麼不利嗎？」

某方面而言，八尋算是明知故問。

珞瑟理所當然似的點了頭。

『萊馬特會去追捕你們。RMS似乎派出了三十六名新的戰鬥員到二十三區，恐怕全都屬於——』

「他們所稱的法夫納兵？」

『是的。』

珞瑟的肯定讓八尋眼神變得嚴肅。

過去兩度碰上，八尋已經切身體會到法夫納兵有多麼棘手了。超乎常人的體能以及抗打擊性。雖然個別的戰鬥力遜於魍獸，相對地，他們能操控人類的兵器並使用集團戰術。下次再碰見，八尋就沒有自信能脫身。

「我們該怎麼辦才好？」

『請擊潰RMS。』

八尋認真詢問，珞瑟便若無其事地告知，語氣彷彿篤定八尋就是有能力擊潰對方。

她把話說得太過自然，讓八尋不由得張口結舌。

「少胡扯！我一個人怎麼可能辦到！」

『那算正當防衛，即使在日本的法律也不會成罪吧？』

「問題不在那裡！我說的是從戰力來看不可能啦！」

『那麼，請從二十三區逃脫。只是你要朝南方，往神奈川方向逃。我想想，就利用第一京濱公路，採取從多摩川橫越而過的路線會比較妥當。』

珞瑟似乎早料到八尋會反駁，就爽快地向他提出替代方案。

「往神奈川方向……？妳說這話是認真的嗎？連拾荒人都不會接近那塊前人足跡未至的區域耶。」

八尋從不同層面對藍髮少女的提議表示有困難。

八尋他們目前位在南池袋，從這邊要往神奈川方向逃的話，肯定就會通過舊澀谷區或舊港區。

『我曉得。橫跨澀谷區與港區的那一帶，在二十三區亦屬格外危險的地帶，據說就像魍獸的巢穴一樣。』

「既然妳曉得——」

『所以挑那條路線才有意義。跟你在一起的人是誰，難道你忘了嗎？』

珞瑟打斷了八尋的反駁，繼續說道。

八尋把目光轉向身旁彩葉的臉龐。

「櫛名田是嗎——」

能將魍獸如手足般任意操控的少女。假如她的能力對初遇見的魍獸也有效，未踏足區域的危險度就會大幅降低。何止如此，或許魍獸們的存在反而可以防阻ＲＭＳ的追蹤。

『無論如何，沒有其他選項了。ＲＭＳ的增援部隊正由埼玉方向南下，舊埼玉市就在萊馬特日本分部的跟前。』

『——況且到橫濱的話，就有船可以搭喔。』

茱麗用愉悅的語氣介入對話。

「船？」

八尋困惑地蹙眉。

大殺戮導致高速公路網斷鏈，因此船運在目前的日本國內成了重要運輸手段。然而速度緩慢的船不適合用於逃亡。就算八尋他們能逃到橫濱，感覺事態也不會有所好轉。

然而，珞瑟做了後續說明，讓八尋的疑問獲得冰釋。

『橫濱港有接受藝廊庇護的運輸船正在待命。只要抵達那裡，應該也能讓儘奈彩葉逃往國外。她的小孩當然也能一起走。』

『我們先過去等你們嘍～～』

「啊……喂……！」

八尋還來不及制止，通訊迴路就被單方面切斷。

他握著沉默的通訊器，露出苦澀表情與彩葉面面相覷。

2

「那兩個女生就是你的委託者？會不會太年輕？」

彩葉勉強停止哭泣，還用懷疑的眼神望向八尋。

八尋很能理解她的心情，所以對此也沒有感到不滿。

「妳說得對。唉，她們大概也經歷過不少事吧。」

「是喔……要不然，那麼可愛的女生才不會來現今的日本嘛。」

彩葉同樣爽快地退讓。

對八尋來說，她的觀點有些新鮮。或許姊妹倆生在軍火商世家，也吃了許多八尋不知道的苦。

「更重要的問題是接下來該怎麼辦。」

八尋別無用意的嘀咕讓彩葉露出意外的表情。

「不是要前往橫濱港嗎？」

「妳覺得她們講的話能信任到什麼地步？」

「說什麼啊。她們是你的委託者吧？」

彩葉傻眼地反問。八尋不悅地板起臉說：

「我第一次見到她們是在三天前，這回則是雙方首度共事。她們到底能不能信任，連我也搞不懂。」

「嗯～～……也許她們確實有什麼企圖，但我覺得那兩個女生是好人耶。」

彩葉用頗有自信的語氣斷言。八尋有些訝異地看向她。

「為什麼妳會那麼覺得？」

「畢竟，她們救了我家的小朋友啊。」

彩葉莫名得意地擺出跩臉挺胸。

「也許她們那麼做，是為了拿人質逼妳聽話。」

「假如真的想抓人質，沒必要把七個人都救回來吧。在那種連自己能不能活下去都難以確定的狀況下，還要帶著小朋友逃走，我覺得會很辛苦喔。」

彩葉反駁不改慎重態度的八尋。

她的冷靜指正讓八尋有些驚訝。

藝廊的戰鬥員並沒有棄孩子們於不顧，當然不是因為為人善良吧。那對雙胞胎只是為了拉攏彩葉，才判斷必須這麼做而救了孩子們。反過來說，藝廊就是把彩葉看得如此重要。

倘若如此，至少在把彩葉交出去以前，八尋都可以信任比利士藝廊。暫且這麼判斷應該沒問題。

「這麼說來，妳為什麼會在那種地方扶養小孩？」

八尋事到如今才提問。

雖然彩葉稱呼他們為弟妹，應該所有小孩都跟她沒有血緣。他們之間是什麼樣的關係？彩葉為何會照顧他們？一群人為何會待在二十三區中央——連同這一切的疑問，八尋希望能獲得說明。

於是，彩葉的回答令他意外。

「我並不是從頭到尾都一個人扶養他們喔。起初大人還比較多，比如當過護理師的人，還有熟悉機械的老爺爺——」

「那些人呢？」

「都死了。雖然並沒有被魍獸襲擊，但我想是變了樣的世界讓他們無法承受。還有人想要到二十三區外頭，就遭到人類殺害。」

彩葉講話的語氣平淡得像是已經將情緒隔絕。

八尋面色不改地沉默了。

大殺戮後已經過了四年。要面對世界的轉變，這段時間絕不算短。同胞滅絕，如今只能被關在眾多魍獸的棲息地帶生活，即使大人們無法承受這樣的絕望也不足為奇。

「這樣啊。所以那些小朋友看見我們才會害怕。」

在菜園遇見的孩童們對八尋等人十分警戒。

那是因為他們之前認識的大人已經被二十三區外頭的人類殺害了。對他們來說，從「外頭」來的人並非救贖，而是威脅自身安寧的災禍。

「當然，我並不覺得自己跟他們可以永遠在二十三區生活。我知道大殺戮結束了，再說存糧的保存期限也快到了。」

彩葉望著店裡剩餘的存糧，然後嘆了氣。

雖然他們自己有在種菜，但是人少也就有限。要在二十三區餬口，就非得依賴商業設施留下的存糧。但是從大殺戮以後過了四年，那也快要面臨極限了。彩葉他們遲早只能到「外頭」去。

「但是，我總不能帶著鵺丸他們到外頭——」

彩葉說著就抱住自己的腿。

棲息於二十三區的那些魍獸是危險的存在，卻也是保護孩子不受「外頭」眾人惡意侵擾的護盾。

可是，彩葉等人若要到「外頭」去，就只能擱下那些魍獸。到時候，憑彩葉一個人無法保護好孩子們，所以她只能留在二十三區。

她跟孩子們的奇妙社群就是這麼誕生的。

「我認為妳的判斷沒有錯。」

八尋嘀咕著將真心話吐露出來。與其說為了替彩葉打氣，那更像一句對她夾雜了讚賞與羨慕之情的話語。

「咦？」

「外頭只是魍獸數量少，對我們來說也是跟二十三區差不多的地獄。」

話少的八尋這麼說，使得彩葉沉默地緊咬嘴脣。她跟弟妹生活的這段期間，八尋是一個人待在「外頭」的世界。對此彩葉也有所察覺了。

「八尋，你都沒有遇見嗎？遇見像我的弟妹那樣能成為心靈支柱的人。」

「這……」

面對彩葉單純的疑問，這次換八尋噤聲了。

足以稱為心靈支柱的存在並非完全沒有。然而，八尋不敢說出口。他以往都不曾放在心上，然而若要鄭重說出口，就會覺得那是相當窘的一段過去。

「對了，八尋，你很久沒講日文了吧？感覺一點也不會結巴耶。像那些遣詞用字是隔了四年也不會忘的嗎？」

「我想……這大概是我看了直播的關係。」

八尋開誠布公地告訴彩葉。妳要笑就笑吧——他抱著這種豁出去的心情。

「直播？網路上的？」

彩葉不知怎地表情僵硬。是啊——八尋點頭說：

「有個叫伊呂波和音的直播主，她到現在都還是用日文開台。內容就是閒聊或烹飪之類，真的都無關緊要就是了。」

「是、是喔……」

「雖然還不到心靈支柱的地步，我想自己有從她那裡獲得救贖。最起碼我會覺得自己不是一個人……欸，我怎麼會跟妳扯到這些。」

「這、這樣啊～～……哎呀～～真不好意思。」

彩葉露出生硬的笑容，還為難似的搔搔頭。

八尋則對舉止看起來有鬼的彩葉投以冷漠視線。

「啥？為什麼是妳在害羞啊？」

「咦？等一下等一下，你還沒察覺嗎？」
彩葉訝異似的睜大眼睛。接著她把臉湊到八尋面前。
「是我啦！那個直播主就是我！伊呂波和音！嗚汪～～！」
「欸，夠了。妳不用跟我來這套。」
想愚弄人嗎——八尋表露不快。坦承從影片直播主那裡得到救贖，就算惹人訕笑也是在所難免，然而被彩葉這樣戲弄，他的內心不可能覺得舒服。
可是，面對八尋不肯認真當一回事的態度，先發飆的是彩葉。
「感覺很氣人耶！你最好相信喔！看，這是新服裝！凜花幫我縫的！」
彩葉奮然脫掉身上穿的土氣運動服。
有花一般的香味飄散出來。
在運動服底下，她穿著會讓人聯想到偶像或電玩角色的花俏服裝。明明裝飾繁多，暴露度卻不低，肌膚白皙得令人眩目。
彩葉的打扮讓人連用正眼看都會遲疑，但八尋沒有移開視線。浮現在八尋眼裡的是純粹的疑惑與驚愕。
「……儘奈，妳怎麼會有和音的服裝……」
「跟你說過了嘛，我就是和音！今天我也一直都在開台，直到你們跑來那一刻！」

彩葉向驚訝的八尋強調。伊呂波和音的真身就是儘奈彩葉。道理固然能懂，卻沒有實際感，大腦正在抗拒認同這是事實。

雖然都沒有人當真，和音在設定上確實是倖存的日本人，而且現居東京。然而，彩葉吻合這些條件。仔細一看，她連長相都酷似和音，只要戴銀色假髮，再利用角膜變色片換個眼睛顏色便完全一樣了。

而且最具決定性的是聲線。就算不是透過喇叭，彩葉跟和音的聲線仍然相像得足以讓八尋不可思議：自己之前為什麼都沒有察覺呢？

「等一下喔，八尋，難道說，你就是那個叫捌巡的觀眾？不會吧……！」

彩葉指著八尋叫道。

八尋不禁湧上想抱頭縮成一團的衝動。

以往他傳給和音的好幾則訊息，都被眼前的少女讀過了。光想到這點就讓他害臊得好像要從臉上噴火。

可是，彩葉接著做出的反應對八尋來說完全出乎意料。彩葉凝望著八尋，就這麼撲簌簌地流下大顆淚珠。

「欸……為什麼是妳在哭啊！」

八尋實在急得驚慌失措。他自以為對彩葉的情緒波動之大已經習慣，但是對方在這種情況哭出來未免太莫名其妙，只令人困惑。

「因為……因為，我覺得好高興……」

彩葉一邊抽抽噎噎地吸著鼻涕，一邊嗚咽地說道。

「我一直很害怕……我直播的內容，是不是連一個日本人觀眾都沒有了……但是，仍然有人……接收到了……」

彩葉的聲音從中途就潰不成句，但她的情緒也傳達給八尋了。

對於被隔離在二十三區的彩葉來說，那些影片是為了安全地打探「外頭」的情況，以便尋找倖存的日本人的手段。正因如此，她才會毫不休息地一直發表那些幾乎沒有人收看的影片吧。然而那樣的活動持續了好幾年，彩葉不可能對此毫無不安。

或許就像八尋得到了她的救贖那樣，對她來說，八尋的存在也一樣成了救贖。那是一種不可思議的感覺，但絕非負面的感觸。

「趁太陽還沒下山，我們再走一段路吧。進入未踏足區域之前，我希望盡可能拉開與追兵的距離。畢竟在夜晚的期間，ＲＭＳ那些人大概也動不了。」

等彩葉情緒平靜以後，八尋朝她喚道。

魍獸的生態至今依然滿是未解之處，但它們在夜間活動頻繁這一點，以八尋的經驗來看仍不會錯。就算並非如此，沒有路燈照明的二十三區入夜便一片黑暗，在那種狀況從淪為廢墟的市區移動將是自殺行為。如果要移動，就必須趁日落前的當下。

「我明白了……畢竟我們家的小朋友也在等嘛。」

彩葉一邊抹去淚痕一邊起身。她比畫面上所能想像的還要嬌弱，而且臉蛋小巧，但確實看得出伊呂波和音的影子。

「可是，我真的沒有想到，伊呂波和音會是妳這種哭得連鼻涕都流下來的女生……老實講，心裡有點受打擊……」

「囉嗦。像這種時候應該要更高興才對吧。你可以跟自己大推的直播主直接見到面講話，還能互相觸摸耶。」

八尋帶著掩飾害羞的用意嘀咕，彩葉便笑著反駁。然後她像是回神想到了什麼，還急忙掩住自己的胸口說：

「——欸，我說能互相觸摸，你可不能真的摸喔！」

「誰要摸……妳啊……」

八尋反射性地打算回嘴，在那一瞬間，乏力感就急遽湧上。

失去平衡感的他伸手拄牆，即使如此仍撐不住身體而當場倒地。

手腳使不上力，身體簡直不像自己的。意識逐漸被黑暗吞沒，宛如沉入深邃的海底。

「八尋……？」

「不會……吧……居然在這種時候……出現反作用……！」

理應是不死之軀的肉體喪失力氣，體溫如結凍般下降。皮膚失去血色，不由得讓人聯想到屍體。

突然失去名為不死的庇佑，因血流不止而必須付出代價的時刻到了。

「八尋！等等，你怎麼了！振作一點，八尋……！八尋！」

彩葉抱住倒下的八尋，口中叫喚有詞。

在喪失所有知覺的過程中，八尋只感受到肌膚與她接觸的溫暖，同時也斷線般完全失去了意識。

3

「——我討厭喔，哥哥。」

少女回過頭告訴他。

身穿全新水手服，個頭嬌小的少女。

雨下了起來，濡濕她的髮絲。端正的臉孔留有稚氣，大眼睛令人印象深刻。

以往在夢中重複過好幾次的光景，無從沖淡的過往回憶。

「這個世界，很令我討厭。」

由雲隙窺見的夕陽紅得詭異。

從建築物樓頂俯望的街道也一樣紅。

熊熊燃燒的火焰籠罩了大地。

少女身負那深紅的火焰，在樓頂邊際張開雙臂。

「多希望能全部毀掉。」

嫣然微笑的少女背後有龍飛舞著。

將虹色翅膀張開的巨龍。

於是他握緊沾滿血的雙手，在夢中大喊。

†

八尋會醒來是因為感到窒息。

臉上有東西蓋著，好似要遮住他睜眼後的視野。

與貓咪們在寒冷冬天爬上床壓著自己的觸感有些類似。雖然有壓迫感，但不會覺得不快。隔著布料，有怡人的花香味與柔軟體溫傳來。

「啊，對不起，吵醒你了嗎？」

頭上有聲音傳來，八尋的視野忽然變得鮮明。

直到此時，八尋才發現自己枕著別人的大腿，蓋在臉上的則是彩葉往前傾的胸脯。

「儘……儘奈……？」

八尋心慌地撐起上半身。他覺得自己好像經歷了某種不得了的體驗，卻因為剛睡醒意識朦朧而不太有真實感。

「我……怎麼會……」

八尋環顧四周確認情況。半毀的辦公大廈一樓，附近有眼熟的小超商故址。那裡是八尋失去意識之前，被他選為休息處的地方。

然而崩塌的牆外一片陰暗，涼涼夜風從縫隙吹了進來。

「我睡了幾天……？」

八尋臉色驟變地湊向彩葉。

那態度之急切，讓彩葉嚇著般稍稍後仰說：

「什麼幾天……你倒下以後，我想大約過了三小時吧……」

「三小時？才這樣而已嗎……？」

八尋茫然望著彩葉並搖頭。

彩葉不可思議地回望八尋。從彩葉的表情顯示，她沒辦法理解八尋為什麼會慌成這樣。

「因為你忽然就昏倒了，嚇我一跳。沒事吧？」

「不要緊……呃，只是不死之軀出現反作用罷了。因為我今天流了太多血……」

八尋痛苦似的撇嘴吐氣。

「反作用？」

「再生能力使用過度，偶爾就會像這樣毫無預警地失去意識。我有因此直接沉睡了五天的經驗。」

「五天……！」

彩葉睜大眼睛訝異得差點說不出話。

「那麼，萬一你在遭到魍獸攻擊時失去意識——」

「我的不死之軀可不是多方便的能力。假如真的遇到任何事都不會死，我就沒必要像這樣到處逃跑了。」

八尋露出自嘲的笑容嘆息。

不死之軀的反作用，再生能力異常如怪物的代價。那就是會忽然來臨的「死眠」。

彷彿為了填補因負傷失去的生命力，八尋的肉體會定期陷入睡眠，而且是近似假死狀態的深沉睡眠。

其間，八尋將毫無防備。在那種狀態下被殺會有什麼下場，連八尋都不知道。但是，代謝一旦停止，就表示肉體也無法再生。無法再次復活的可能性很高，八尋的不死之軀並非完美。

「那麼，你為什麼要這樣？」

「咦？」

彩葉帶著嚴肅的表情問。八尋無法理解她質疑的用意，就蹙了眉頭。

「你為什麼要在二十三區當拾荒人呢？明知道自己會忽然昏倒……倒下以後也許就再也無法醒來了，又為什麼要……？」

「問我為什麼……妳這是何必呢。」

八尋別開目光支吾其詞。

為了活下去、為了有效率地賺錢。應付的說詞隨便想都有。不知怎地，八尋卻沒有意願扯那種謊。

或許是因為八尋看得出彩葉是認真在擔心，絕不是因為感恩她用大腿枕著自己。

「……儘奈，大殺戮發生的那一天，妳待在什麼地方？」

「咦？」

八尋唐突發問，讓彩葉露出納悶的表情。然而八尋不理會又繼續說道：

「大殺戮的起因，照官方發表的說法是隕石墜落造成的。墜落日本的隕石將毀滅性災害帶到了東京，才點燃大殺戮的導火線。」

「隕……石……？」

彩葉臉色僵硬，眼裡流露出一絲憤怒之色。因為彩葉也察覺八尋發問有什麼用意了。

「錯了喔……我看見的不是那樣。那才不是隕石。在東京的正中央鑿出深深洞穴，還將魍獸喚出來的才不是隕石——！」

低聲說著的彩葉聲音顫抖，八尋輕輕點了頭回應。

「這樣啊，原來妳也看見了，那傢伙的身影。」

八尋露出讓人不寒而慄的空虛笑容。唯有從大殺戮存活的人，才能分享那一天的恐懼與絕望。

那一天，並沒有隕石墜落日本。

為大殺戮扣下扳機的，是另一種存在。

「那是——一頭龍，大得足以蓋過天空的虹色巨龍。」

彩葉帶著泫然欲泣的表情說道。

再怎麼拚命陳訴，恐怕也沒人會相信的真相。是僅僅一頭龍，將這座城市化成了廢墟。

彩葉知道這一點。

所以八尋帶著微笑繼續告訴她：

「那頭龍，是我妹妹。」

「……妹妹？」

彩葉歪頭望向八尋。那是不明白他在說什麼的表情。

「我不曉得她是召喚了那頭龍，或者是被附身。但是我妹妹確實打算靠龍的力量來實現自己的願望。」

「妳妹妹的願望……是什麼？」

「摧毀這個世界。」

八尋淡然斷言。即使鄭重說出口也沒有真實感的一句話。然而有龍實際出現，八尋等人原本度過的和平日常生活就隨之瓦解了。因為龍實現了那個心願。

「所以我砍了珠依……砍了自己的妹妹。當時我打算親手殺了她。」

八尋握緊右手。他的手掌記得血沾在上頭的黏滑觸感。當然，那只是錯覺，從那天就絕對不會消失的幻覺。

「騙人的吧……你在開玩笑……對不對？」

彩葉虛弱地搖頭。

八尋聳聳肩，帶著自嘲的味道笑了笑。

「我這副荒謬的身體就是證據。殺了龍以後，濺到龍血的人類將會成為不死之軀。妳有聽過這樣的傳說嗎？」

彩葉「唔」地說不出話。她親眼目睹龍，也見證過八尋的再生能力，即使再怎麼想否定，也反駁不了八尋說的話。

「可是，你剛才不是說正在找妹妹的下落嗎？」

理應殺了妹妹為什麼還要找她——彩葉反問。

「因為，我當時失敗了。」

八尋苦惱似的皺起臉。

「失敗？」

「我沒有讓妹妹絕命。所以這次我找到之後，一定要斷送她的性命。我當拾荒人，就是要籌措找她的資金，因為拾荒可以賺錢。」

八尋訴說的口氣冷漠得像是事不關己，彩葉則連眼睛都不眨地望著對方。

突然間，彩葉眼裡盈上淚水，讓八尋心生動搖。

「等一下……為什麼妳要哭……？」

「因為……因為……這太悲哀了！你居然想殺自己的妹妹……你活著居然只是為了這件

事……八尋，你好可憐……！」

彩葉一邊抽泣一邊胡亂甩頭。

為什麼這個女生動不動就哭啊——八尋感到有些無奈。彩葉肯為自己哭固然令人欣慰，但是八尋的心聲是更嫌她這樣很麻煩。

大殺戮過後，八尋一直都是獨自生活，跟同年齡層的少女相處當然就不習慣。八尋不曉得這種時候要怎麼對待異性才好。

「我說啊，儘奈……」

「別叫我媽媽……我才沒有生你這種小孩……！」

「不是……照常理想也曉得我是在叫妳的姓氏吧……」

多說多麻煩，乾脆就這樣放著她不管好了——八尋開始傾向不負責任的思考方式。

但是，能悠哉地煩惱這種事的空檔只到此刻為止。

「彩葉，妳能呼喚魍獸嗎？」

八尋一邊撿起刀一邊壓低聲音說道。

「呼喚魍獸……你是指像鵺丸那樣？我沒有嘗試過那種事。」

彩葉似乎察覺到八尋散發的氣息有所改變，就一邊抽泣一邊答話。

「是嗎？」

狀況棘手了——如此心想的八尋咬緊嘴脣。魍獸不能當成彩葉的護衛利用，也沒辦法讓魍獸載著她逃。

「為什麼這麼問？」

彩葉邊擦臉頰邊起身。

八尋瞪向建築物的外頭，只簡短地告訴她事實。

「有敵人。」

4

在萊馬特國際企業日本分部內的作戰指揮室，有大群工作人員正坐在戰情處理裝置前，急急忙忙地報告狀況。

「拉其托夫隊已捕捉到櫛名田及一名同行者的蹤影。」

「將櫛名田的位置資訊發送給全體隊員。展示市區地圖。」

從上空拍攝的市區影像被投映到室內中央的大型螢幕上。飛行中的無人偵察機於高空一萬八千公尺處所拍攝的二十三區即時畫面。

「那些魍獸再怎樣也察覺不到飛行於平流層的無人偵察機吧。」

耶克托爾．萊馬特伯爵坐在基地司令用的座椅，看似愉悅地望著畫面嘀咕。

為避免魍獸襲擊，二十三區上空已經被劃分為飛行禁止區域，但飛行於高空的無人偵察機目前並未遭受攻擊。具備像地對空飛彈那樣的攻擊手段的魍獸未必不會在將來出現，因此這終究只是現階段而言的戰情。

「——是的。雖然影像精細度沒辦法調得更高，不過無礙於引導部隊。」

從伯爵的背後突然傳來了說話聲。有個年輕男子穿著貴族品味的制服，正要走進作戰指揮室。那是RMS的部隊長費爾曼．拉．伊路。

「你回來了啊，少校。新手臂狀況如何？」

伯爵看向費爾曼的右臂。

費爾曼從制服袖口露出來的手已經換成金屬製的義手。

「沒有問題。畢竟這原本就是研發給『MOD3』使用的裝備。」

費爾曼當面動了動舉到眼前的義手。

那是他跟鳴澤八尋交手後，因右臂被對方切斷而接上的代替品。即使靠法夫納兵的痊癒力，也沒辦法讓失去的手臂再生。

倒不如說，有一方面是因為那種痊癒力讓傷口瞬間癒合了，反而就無法將活生生的手臂接回去。即使如此，短短幾小時就能完全適應義手，到底是拜法夫納兵的再生能力所賜。

費爾曼這隻配合龍人狀態製作的義手比常人手臂大了兩圈左右，握力最高可超過兩百公斤，鋼鐵製的手指更具備貫穿防彈車裝甲的威力。

「是嗎？那很好。」

伯爵用漠不關心的口吻嘀咕後，就再次把視線挪回面前的螢幕。

無人偵察機盤旋於二十三區的上空，把中央區一帶納入視野之內。精確來講，是過去中央區存在的地點。

在舊中央區，以及舊千代田區、舊港區與理應包括了一部分舊江東區的地方，並無陸地存在。

在那裡有著空洞的黑暗。

因為深不見底的巨坑在東京的正中央開了洞。

巨坑直徑約為三公里。坑洞內部籠罩著漆黑瘴氣，即使動用最新型偵察衛星也難窺其奧。透過聲納或脈衝雷射偵察都無法見效。

唯一可以知道的是，那座坑洞正是魍獸出沒的源頭。魍獸們會通過那座坑洞出現在這一邊的世界。

「冥界門（Ploutonion）啊……無論看幾次都覺得壯觀。」

伯爵深有感慨地嘀咕。「冥界門」——那便是開在二十三區中心的坑洞通稱。

「那個坑洞就是權柄(Regalia)【虛】的痕跡？」

費爾曼流露出驚訝。冥界門的存在被視為高度機密而受到嚴密隱匿，費爾曼也是首次目睹。

「沒錯。由地龍『史佩爾畢亞』造出的異界通道。」

伯爵平靜地笑著告訴費爾曼。

冥界門的內部可通往異於人類所知現實的另一個世界。

那是目前被視為極有可能的一項假說。儘管內容異想天開，魍獸們具備的異稟卻已成了那項假說的有力佐證。何止如此，現在更有說法認為冥界門的存在，正是由龍之異稟創造而出。

「若你想將【虛】納入手中，最好打消主意。那不是人類掌握得住的力量。從目前二十三區的慘狀就能看出來吧。」

費爾曼著迷似的望著冥界門，伯爵就婉轉地予以警告。

「我可以理解。」

是我失禮了——費爾曼說著便端正姿勢。

在一夜之間毀滅一國首都的龍之異秉，以兵器而言是超乎常規的力量。

不過光是比較破壞的規模，祭出核武也足以成事。

至於龍之異秉所具備的危險性，就不是核武能夠相比的了。

被冥界門吞沒的土地絕非遭到了摧毀。

而是跨越了世界的邊界，連同生活在那裡的居民一起轉移到了異界。

然後，在這一邊的世界便只留下巨大的坑洞。

那座坑洞會帶給世界什麼樣的影響，至今仍未完全揭曉。

將來會關上門而不再冒出魍獸，或者會節節擴大進而侵蝕這一邊的世界——就連這一點都無人知曉。

「必要的並非權柄，而是龍的『器皿』。」

伯爵自我說服似的喃喃自語。

「請交給我去辦。」

費爾曼帶著滿懷自信的表情告訴伯爵。

伯爵大方點頭說：

「那好，追擊部隊有多少戰力？」

「法夫納兵十二名，後續預計還會投入二十四名。」

「光是那樣能夠贏嗎？贏過那個身為不死者的少年？」

伯爵用納悶的口氣確認，話裡蘊含著「你不是讓他逃了一次？」這種意在揶揄費爾曼的弦外之音。

然而，費爾曼意外平靜地接納了伯爵的疑心。

「萬一那傢伙是真正的不死者，無論派出幾名『ＭＯＤ２』應該都殺不了他。」

「若是如此，你要怎麼做？」

「我們不必殺他。只要持續不斷地展開襲擊，消耗那傢伙就好。」

費爾曼露出刻薄的笑容說道。他的發言亦可解讀為有意將三十六名部下都當成棄子，在場卻沒有人對此做出批判。

「縱使是不死者，既然他長成人類的模樣，就不可能無止盡地一直再生。就算他有那種能耐，心靈也負荷不了。」

「原來如此。」

伯爵愉悅地微笑。

某方面來看，死可以說是從痛苦獲得解脫的一種救贖。受不死詛咒侵蝕的不死者，則是被屏棄於救贖之外的存在。

只要持續以攻擊給予痛苦，鳴澤八尋的心靈遲早會超出極限而崩潰。要攻克不死者，想必這是穩當的思路。

「不過，運作時間短暫也是法夫納兵共通具備的缺點。如果不死者少年打算照這樣一直停留於二十三區就棘手了。」

伯爵點出另一個問題。

對戰鬥員肉體帶來的負擔過大，是透過F劑變身成龍人的最大缺點。能維持變身的時間有個人差異，但最長也就十分鐘。而且反覆變身還會讓細胞急速劣化，或者造成內臟負擔，衍生出各式各樣的副作用。

這類不便的事實，戰鬥員們當然都沒有得知。運用法夫納兵的前提就是把隊員當成消耗品，他們是適於速戰速決的戰力。

雖說如此，不靠法夫納兵就無法踏破魍獸橫行的二十三區。萬一走霉運跟丟目標，發生得花時間重新追蹤的狀況，就可能陷入RMS部隊戰力先一步枯竭的麻煩局面。

不知道為什麼，這次鳴澤八尋近四個小時都沒有移動，讓RMS部隊得以追上他。然而，這並不能保證下一次仍會順利。現況是除了無人偵察機之外別無追蹤手段，對萊馬特陣營而言，掌握鳴澤八尋的逃亡路徑堪稱火急課題。

「關於這一點，伯爵，其實比利士藝廊有提供情資給我方。」

費爾曼帶著好似在忍耐笑意的表情告訴對方。

伯爵微微挑眉。

「哦？令人意外。我倒聽說你們在作戰中起了一番爭執。」

「對於我方曾想從他們手裡強搶櫛名田，比利士藝廊有透過書面提出正式的抗議。」

費爾曼語帶苦笑地搖頭。

「然後，他們對於自己陣營僱用的嚮導帶櫛名田逃走一事，則表示會透露櫛名田的逃亡路徑給我方，望能以此賠罪。」

「你剛才說……透露逃亡路徑？」

「是的。據說櫛名田打算縱向越過舊澀谷區或舊港區，再前往橫濱港。」

「往橫濱去是嗎……耐人尋味。」

嗯——伯爵摸了摸下巴。

橫跨舊澀谷區與舊港區的未踏足區域是高級別魎獸群集的危險地帶。

即使是法夫納兵組成的部隊也不保證突破得了，然而櫛名田具備領導魎獸的能力，對方或許是判斷有她在反而安全。

「少校，你信得過來自藝廊的告密？」

「至少到目前為止，他們提供的情報與事實並無出入。可見藝廊也不樂意跟萊馬特國際企業作對吧。」

費爾曼露出強悍的笑容。伯爵也認同他的判斷尚屬妥當。

「然而就算有法夫納兵，要將部隊投入未踏足區域難免令人躊躇。」

「是的。不過，既然櫛名田會往神奈川方向逃，就能過濾出她的逃亡路徑。畢竟要脫離二十三區，非得過河才行。」

「你打算先繞過去埋伏？」

伯爵閉眼沉思。

費爾曼的作戰計畫絕非有勇無謀，太過有利的條件甚至令人不安。就算比利士藝廊給的情報有假，布署的戰力也只是白跑一趟，對大局不構成影響，反而還可以得到理由打擊礙眼的比利士藝廊。

「——好吧。我准許你調動在仙台待命的ＲＭＳ主隊。」

「感謝您，伯爵。」

費爾曼滿足似的敬禮。

伯爵面無表情地回望對方說：

「雖然這稱不上交換條件，可以的話，我希望你能一併捉拿不死者少年，而不是只帶櫛名田回來。啊，少年那邊當然就不問生死了。」

若你有能力殺他——伯爵如此暗示，費爾曼便當場露出狠惡的微笑。

「我願向這條手臂發誓，此事必成。」

5

八尋只是個拾荒人，並非士兵。至少他並沒有主動殺人的決心。

因此八尋怕的是對方要求和平交涉，呼籲他投降。畢竟八尋沒有辦法絕情到單方面攻擊要求談話的人。

然而RMS那些戰鬥員在察覺八尋的瞬間，就立刻發動攻擊了。八尋覺得這樣便不用思考多餘的事，反倒令人感激。

接觸到的RMS戰鬥員有四名，全都是注射F劑的法夫納兵。

對方配備的武裝為短刀而非步槍，或許是害怕攻擊會殃及彩葉。不過對八尋來說，他們選擇肉搏正好方便。

八尋不習慣殺人，若是為了自衛而反擊就不會遲疑，但他不覺得自己在廝殺這方面能贏過專職戰鬥員。

然而，對手並非人類就另當別論了。

與魍獸搏鬥廝殺，八尋這四年來已經體驗到生厭的地步。而且，那些法夫納兵的戰鬥風格與其視為人類，更是壓倒性地接近於魍獸。

「很遺憾。」

八尋持刀砍倒一名從正面過來挑戰的法夫納兵。

憑法夫納兵的生命力，就算砍得狠一些也不會要他們的命。省去手下留情的工夫，八尋出手也就相對輕鬆。

「不用那種藥，你們就到不了二十三區——道理我懂，即使如此，你們還是不該變成那副模樣。」

一刀從肩頭斬開到側腹，使得法夫納兵頹唐倒地。

論正常搏擊的實力，ＲＭＳ的戰鬥員應該遠勝八尋。然而體能急遽提升，卻導致法夫納兵駕馭不住自己的身手。若是對付普通人類，或許還能靠速度與蠻力壓制到底，但是對習慣跟魍獸交手的八尋來說，他們的動作就過於單調甚至乏味。

當同夥之一挨刀時，其餘三個法夫納兵就包圍住八尋。

來自三個方向的同時攻擊。但是，八尋臉上看不出焦慮。會集體包圍獵物的小型魍獸並不稀奇，八尋當然也知道有什麼策略能對付。

「——什……什麼玩意兒！」

其中一名法夫納兵正準備痛毆八尋，就突然架勢一崩，跌倒了。簡直像被隱形利刃切開一樣，法夫納兵們的堅韌肉體深受重創。

「那只是隨便找一間生活百貨都有賣的普通鋼絲啦。誰教你們的速度亂快一把，連那種玩意兒也能讓你們受重傷。」

八尋預先將鋼絲設置在屋裡，藉此切開那些法夫納兵的肉體，封鎖其行動。法夫納兵受困於鋼絲陣，因而被八尋依序打倒。

要害一律避開。但是，八尋不會多留情面。

換成常人肯定會受致命傷，然而憑法夫納兵的生命力應該不至於喪命。當然，前提是得把他們帶到「外頭」，施以適切的治療。

「不死者——你這臭小子！」

後續的其他戰鬥員發現同伴已遭無力化，便衝進來攻堅。八尋察覺他們舉起槍口，立刻抓了法夫納兵的身體當肉盾。

步槍彈貫穿力高，法夫納兵的堅韌肉體卻漂亮地將其擋下，使得同夥的其他戰鬥員為之動搖。

「唔……！」

戰鬥員們拋開槍械。相對地，他們都注入F劑，跟著變身成法夫納兵。

但這樣的發展正中八尋下懷。

八尋朝放下武器的他們扔出手榴彈。那是最初攻堅的法夫納兵帶在身上的裝備。手榴彈幾乎是在後續攻堅的法夫納兵與八尋正中間炸開。碎片朝四面八方飛散，法夫納兵都為了閃避，立刻壓低姿勢。

其間，八尋一舉拉近了跟他們的距離。

「你們分太多心思在碎片上了。那種玩意兒，對我們造成的傷害沒什麼大不了吧。」

八尋渾身是血地衝了過來，讓法夫納兵感到驚愕。

法夫納兵至今仍被人類的常識束縛，八尋利用不死之軀的戰法看在他們眼裡，究竟會是什麼模樣呢？

「慢著……住手——！」

「抱歉。四年來我這個怪物可沒有白當。」

八尋朝著連反擊都忘了的他們揮下刀。

後來不到三分鐘，八尋讓共計十二名的法夫納兵無力化，結束了這場首戰。

「八尋！」

彩葉一看見八尋滿身是血地回來，就微微地尖聲叫了出來。雖然大多是敵人濺出的血，但八尋並不是毫髮無傷。彩葉是因為察覺這一點而感到動搖。

基本上，八尋本身的傷勢已經痊癒。用手榴彈發動的自爆攻勢倒是讓身上衣服變得挺慘，不過只要找新衣更換就行了。

所幸比利士藝廊那套防彈防刃的制服相對完好，儘管髒得厲害，整體狀態倒沒有到慘不忍睹的地步。

「總之追兵是收拾掉了。我們趁後續部隊趕上來之前先移動吧。」

為避免嚇到彩葉，八尋用平靜的口氣說道。

不久前還能聽見的裝甲運兵車引擎聲已經中斷。然而，那表示敵方戰鬥員已經接近到八尋他們身邊了。

要迴避多餘的戰鬥，最好趁現在盡可能遠離現場。

彩葉卻停下腳步，用畏懼似的眼神看了八尋。

「收拾……意思是，你殺了他們？」

彩葉望著八尋被血沾濕的刀，聲音隨之發抖。

一瞬間，有些許疼痛竄過八尋的胸口。

彩葉發現八尋皺起臉，就警覺地摀住嘴。

自己不留心的一句話傷到了八尋，對此彩葉也有所體認。

然而，八尋沒辦法反駁她。因為在開口之前，彩葉就一舉朝八尋抱了過來。

「對不起。剛才，我講了很過分的話吧。明明你是為了我而戰鬥……」

「不會，我沒有放在心上。倒不如說，妳別靠得太近。血還沒乾，好好一件運動服會弄髒的。」

「不要。在你說原諒我之前，我都不放手。」

彩葉雙臂用力，抵抗想把她扒開的八尋。學小朋友耍賴嗎——如此心想的八尋苦笑著嘆息道：

「哪有什麼原不原諒，我又沒生氣。再說，我本來就沒有殺那些傢伙。」

「是嗎……？」

「看了我的身體就知道吧。那些傢伙沒那麼容易死。要是他們能輕易地捲土重來也很困擾，所以我出手會重得讓對方好一陣子不能動就是了。」

法夫納兵的再生能力比不上身為不死者的八尋，只要傷及骨骼就無法立刻恢復到能活動自如，這是已經確認過的。

當然，擱著那些行動不便的士兵，會有被魍獸襲擊的危險。但後續來到的部隊應該會及早將他們帶回去。

像那樣把人手分去救助傷患，追捕八尋他們的兵力就會相對薄弱。八尋之所以避免殺人，也有將這一點算進去。

「懂了以後就快點跟我逃吧。畢竟敵人的援軍已經……不遠了……」

八尋隔著毀壞的牆壁窺探外頭狀況，因而倒抽一口氣。

ＲＭＳ戰鬥員正朝那些受傷的法夫納兵靠近。到此為止都符合八尋的預料。

然而，戰鬥員的目的並不是要把己方傷兵帶回去。

那些人拿出了裝著深紅藥劑的針筒狀容器，幾近蠻幹地把那捅進己方傷兵的身體。額外投入Ｆ劑。

「怎麼搞的……為什麼不把傷患帶回去！傷成那樣還要逼他們作戰嗎……！」

敵方部隊的行動未如預期，讓八尋感到動搖。

投入過量Ｆ劑的影響極為顯著。負傷的法夫納兵肉體膨脹後大了兩圈以上，傷勢也立刻痊癒。

另一方面，無法承受反作用的傷兵也不在少數。細胞急速增生，導致那些法夫納兵的肉體崩解，並且濺出血肉而潰散。

「表示他們沒有打算將無法作戰的同僚後送嗎……！」

八尋咬緊牙關。ＲＭＳ戰鬥員並沒有視彼此為夥伴，他們只是剛好因相同目的而被資方僱用的同僚。能派上用場就會被利用到最後，消耗掉以後便會割捨——這就是他們的行事方式。

「八尋……這樣不行。我們已經被包圍了！」

彩葉望向大廈的入口驚呼。

當八尋因受傷的法夫納兵而分散注意力時，他們藏身的廢棄大廈已經被ＲＭＳ派出的突擊隊包圍了。

「彩葉，妳到樓上躲著。」

八尋一邊朝背後的樓梯回頭，一邊對彩葉發出指示。

「你要怎麼辦呢？」

彩葉表情緊繃地問。

「不要緊。我會讓事情馬上結束。」

「八尋……！」

八尋將彩葉有意制止的聲音拋到腦後，並且拔刀。

幾乎同一時間，ＲＭＳ戰鬥員湧進大廈內。

最先襲擊過來的是過度投入Ｆ劑而振作再戰的四個法夫納兵。

他們處於受攻擊衝動支配的狀態，已經無法以單兵身分與部隊相互配合；連佩帶的短刀都沒有拔，直接就用長出鉤爪的手臂朝八尋招呼過來。

那些人的身手遠比振作前還快。八尋砍向第一個法夫納兵之後，就遭受到其餘敵人襲擊。那波攻勢躲不過。

「唔……！」

側腹被深深挖開，讓八尋往後飛了出去。其餘的法夫納兵見機朝他撲來。八尋隨即反擊重創了第二名敵人，重振的法夫納兵卻因失控而不停進攻。八尋領悟到靠反擊窮於應付，就抱著俱傷的決心深深砍進敵人的軀體。儘管分神防禦的左肩廢了，他還是勉強讓剩下的敵兵無力化。

「——唔！」

八尋痛苦地呻吟著衝出法夫納兵的包圍後，步槍彈雨便朝他傾注灑落。來自RMS增援部隊的槍擊。兩腿遭到射穿，八尋跌在滿是瓦礫的地板上。此時新出現的法夫納兵就朝他殺去。

來自中距離的槍擊與法夫納兵的波狀攻勢。RMS似乎不打算一舉讓八尋無力化，而是改採費時的消耗策略。

不死者的不死特質要靠高速痊癒力維持，這會劇烈消耗八尋的體力。敵人就是針對他這項弱點而來。戰鬥照這樣繼續拖長，「死眠」難保不會再次發作。

心急之下，八尋無意識地將自己的鮮血抹到了刀身。這樣的舉動並沒有什麼用意，單純是出於平時與魍獸作戰的習慣。

法夫納兵舉起短刀，朝著倒地的八尋的頭頂揮下。八尋硬是扭身而起，順勢揮刀還擊。受姿勢勉強所害，攻擊力道偏輕。八尋這一刀被法夫納兵堅韌的鱗片妨礙，只淺淺砍傷了對手的右臂。

下一刻，八尋卻目睹了難以置信的光景。

法夫納兵被砍中的右臂發出嘎吱聲響，還在瞬間脹成了好幾倍大。

「咕哇啊啊啊啊啊啊啊啊啊！」

法夫納兵的喉嚨冒出了慘叫。

變為龍人的他痛苦地皺起臉，就連臉孔也像遭到腐蝕一樣由內側逐漸崩解。

再生能力失控。體細胞無止盡地持續增生，使得法夫納兵的肉體無法維持一致性。質量膨脹到近乎原本的三倍之後，法夫納兵就像灌爆的氣球那樣炸開了。飛濺的血漿淋在八尋身上，他茫然望著那幕景象。

是八尋的血讓法夫納兵的肉體失去了控制。

八尋抹在九曜真鋼刀身的血接觸到法夫納兵，促使他們的細胞異常活性化。

「怎麼會……這些傢伙，居然跟魍獸一樣……？」

八尋低頭看著法夫納兵飛濺的肉片，茫然嘀咕。

對魍獸來說，不死者的血是劇毒。那種毒對法夫納兵一樣有效，讓八尋感到困惑。

然而，魍獸與法夫納兵對八尋的鮮血產生的反應有著決定性差異。

魍獸只是單純崩解。另一方面，法夫納兵的肉體卻呈現出異常活性化。他們的死因反倒比較接近於投入過量Ｆ劑。

或者，那就像身體對於有害毒物做出的抗原抗體反應（Anaphylaxis Shock）——

「法夫納……我懂了……原來是這麼回事！萊馬特的那些混帳……！」

八尋的嘴唇因憤慨而發抖。

他保持一身毫無防備的姿態，緩緩地走向前。淒厲的氣勢發散釋出，法夫納兵有一瞬間都生畏般停住動作。

擔任後衛的戰鬥員們舉槍朝八尋開火，八尋卻沒有閃避。他不以為意地承受射來的槍彈，還直接朝敵方部隊走近。

那些戰鬥員見狀就該察覺到。

此時此刻，八尋已經解放了不死者原有的力量。

他打消了以人類之身作戰的念頭——

「聽著，ＲＭＳ的戰鬥員！勸你們立刻丟掉那種狗屎不如的藥，然後給我從這地方滾蛋！否則別想活命！」

八尋大聲警告。但是，他的聲音被接連不斷的槍響蓋過。

有一個法夫納兵想從八尋背後偷襲，卻突然伴隨著痛苦掙扎的吼聲爆體而亡。隨後，另一名也炸開了，緊接著又有另一名。光是想靠近八尋，法夫納兵身上的再生能力就會失控，並且自行崩解。

槍擊導致八尋的血飛濺各處。法夫納兵接觸到以後，便自取滅亡了。而且，他們到現在還是沒有領略其中真相。

子彈不管用，惱火的戰鬥員就取出了封藏深紅藥液的針管。八尋看著那些人將其注入自己身體，因而鄙視般嘆氣。

剩下的ＲＭＳ戰鬥員全都變身成法夫納兵了。

全體數量約為三十。沒錯，「僅僅三十名左右」。

「這就是你們的答覆嗎……既然如此，怪物之間不需要客氣。」

八尋脫掉藝廊的制服。

上半身顯露在外。金屬般的光澤從襯衫的破洞縫隙流瀉而出。

讓人聯想到赤鏽裝甲的黯淡光澤。鮮血護鎧。八尋的身軀已經變樣。

變成受詛的不死怪物原本應有的面貌。

宛如傳說中具備鋼鐵肉體而廣受稱頌的「弒龍」英雄——

「消失吧。這個世界不是我們的歸宿。」

覆有赤鏽的鋼化臉皮扭曲，八尋凶猛地笑了。

蹂躪就此開始。

6

「不要緊，沒什麼好怕的喔。因為我們已經要走了。」

微笑的彩葉伸出手，胡亂撫摸金色的獸毛。

趴在她眼前的是全長達七八公尺的巨大怪物。長著金色翅膀的獅子頭怪鳥安祖，出沒於未踏足區域的級別Ⅳ魍獸。

「乖喔乖喔，好孩子。那麼，掰掰嘍。」

彩葉若無其事地哄著用巨顎一咬應該就能輕易殺死自己的怪物。金色魍獸似乎是滿足了，就拍動巨大翅膀飛回自己的巢。

「好緊張……跟不認識的孩子講話，果然就是會心跳加速呢。」

穿運動服的彩葉擦掉額前浮現的汗水，並深深吐氣。

「一般遇到級別Ⅳ的魍獸，可不是心跳加速就能了事的。」

彩葉「嘿嘿」地笑了笑，八尋便傻眼地望著她的臉龐嘀咕。

八尋他們目前的所在處是以往的大井賽馬場附近。突破屬於危險地帶的未踏足區域之後，再過不久就會進入舊大田區。

抵達這裡之前，他們遇上的大型魍獸數量超過十五，各有能耐讓軍方大隊潰滅的多種怪物。而那些怪物一律都被彩葉馴服，然後趕回去了。

如此的事實形同讓八尋重新體認彩葉的異稟有多麼驚人。

可任意操控各種魍獸的櫛名田之力。只要有辦法分析她的能力，不僅能去除二十三區的威脅，連要把魍獸當成新兵器運用都不是夢想。萊馬特國際企業身為軍火商，當然會執著於彩葉。

八尋一邊思索這些，一邊朝停在路邊的機車走近。用於機車越野賽的日產越野車。那是他從淪為廢墟的機車販售店擅自牽出來的貨色。

儘管被擱置了四年以上，這輛機車的保存狀況依舊良好，引擎經過稍微維修就立刻發動了。雖然是腳踩發動的車款，屬於連燃料噴射裝置都沒有的舊型車，不過好像就是這一點反過來幫了大忙。八尋他們在擊退ＲＭＳ部隊之後，只花一晚就穿越未踏足區域，也是托這輛機車的福。

八尋費了一番手腳在不習慣的踩發桿上頭，但還是讓機車再次發動了。距離劃分出縣界的多摩川不到十公里。若能繼續保持一路無阻，他們應該在天亮前就能脫離二十三區。

「哎呀～～……總覺得，我們這樣好像青春電影喔～～」

機車後座上的彩葉介意瀏海被風吹亂，並朝八尋搭話。競賽用機車的座墊較窄，她坐在車上自然就會貼著八尋的背。

長期遭到擱置的道路路況惡劣，障礙物也多。就算騎的是越野車，車速也跟腳踏車相差無幾，相對地也就不愁沒辦法聊天。

「青春電影？」

「沒錯。感覺電影裡會有這一幕啊。優等生美少女跟放牛班的不良少年兩個人共乘機車，就這樣私奔之類。」

「我居然是放牛班的不良少年嗎……」

八尋板著臉說道。事到如今，他已經懶得吐槽彩葉那種自稱美少女也不覺得慚愧的鋼鐵精神了。

「你還在介意嗎，對於自己救不了那些法夫納兵？」

彩葉整個人靠向八尋，一邊問道。

冷不防被問的八尋沉默了。

昨晚遇見的那些ＲＭＳ戰鬥員在最後全數覆滅。他們在變身成法夫納兵以後，連碰都碰不到八尋，自身肉體就失控而炸得不留痕跡。

無視警告還依靠Ｆ劑，那是他們自作自受。即使如此，結果八尋仍奪走了三十條以上的人命。彩葉應該是覺得八尋正為此感到沮喪吧。

然而，她用「救不了法夫納兵」這樣的說法，讓八尋內心得到了一絲救贖。沒錯，八尋想救那些人。他並不想讓那些跟自己同樣屬於被害者的戰鬥員喪命。

「……是珠依的血。」

八尋嘀咕似的告訴彩葉。

彩葉則從背後傳來疑惑的動靜。

「珠依？」

「催生出法夫納兵的藥叫Ｆ劑……那東西的真面目就是珠依的血。」

「八尋，你說的珠依，就是你妹妹嗎？之前你說一直在找的……」

「我應該更早發現的。那些傢伙的模樣還有荒謬的再生能力……都是跟我一樣的力量。萊馬特為了製造不死兵團，居然利用了龍血……！」

八尋吐出了經過克制而壓低的聲音。

被稱作Ｆ劑的深紅液體。那種藥品的真面目，就是藉著鳴澤珠依的血液製作出來的血液溶劑。

據說淋到龍的鮮血就會被賦予不死之力。然而，那對體質不合的人似乎將帶來堪稱劇毒的副作用。證據在於，過度投入F劑的法夫納兵會控制不住再生能力而自滅。

為壓抑那種副作用，對龍血進行化學加工，限制其作用時間的藥劑。所謂F劑的真面目應該便是如此。正因為這樣，戰鬥員體內被注入八尋的血以後，就產生了強烈的抗原抗體反應而喪命。畢竟八尋身為不死者，血液早已受到純度更高的龍血汙染。

萊馬特把龍血當成兵器利用。

令人一時間難以置信的這項情報已讓另一項事實躍然浮現。

那就是萊馬特國際企業能取得足以量產F劑的大量龍血。龍血──亦即鳴澤珠依的血。

「意思是，那間叫萊馬特的企業捉到了你妹妹珠依？」

「八成沒錯。要不然，就算劑量經過稀釋，我想他們也沒辦法從珠依身上取得那麼大量的血液。」

八尋對彩葉的問題點點頭。

費爾曼．拉．伊路是將自己專用的F劑稱為第三階段改良型──MOD3。換句話說，他們已經花了好幾個月或者好幾年，持續研究龍血。

研發F劑必須有實驗材料，量產也需素材，可見他們一直都有穩定取得龍的鮮血。除非捉拿到龍的本尊，否則不可能予取予求。

「……等一下。八尋，萊馬特是你那兩個雇主的贊助商吧？」

彩葉看似有所發現，嗓音就變得生硬。

八尋默默地表示肯定。櫛名田捕獲計畫的主辦者是萊馬特國際企業，比利士藝廊則是受僱於他們的民營軍事公司之一。

「她們是叫茱麗和珞瑟，對不對……比利士藝廊的人會不會知道那件事呢？知道萊馬特捉到了珠依。」

「應該吧。雖然不清楚她們是否知情，F劑的真面目就是珠依的血……不，照我看她們應該都知情。」

八尋回想起雙胞胎給他看的珠依照片。

被固定在樣似棺材的床上，全身接滿管線的龍女。圍繞在她身旁的機械會不會兼有採血裝置的功用，而非單純維持生命的裝置呢——八尋想到這裡就有了把握。

彩葉說了一聲「但是」，然後顯得無法接納地搖頭。

「這就怪了……那對雙胞胎明明要告訴你珠依的下落來當成支付給你的報酬……表示她們從最初就知道你會跟萊馬特為敵嘍？」

「表示為了削減萊馬特的戰力，她們才打算利用我吧。萊馬特跟藝廊這次只是碰巧合作，他們本來就是生意對手，說來並沒有什麼好奇怪。」

八尋用漠不關心的語氣撇下這句話。彩葉的語氣更添嚴肅。

「對啊，沒什麼奇怪。所以我才覺得奇怪。」

「啥？」

「既然她們倆想讓你跟萊馬特互鬥，又為什麼要幫助我們逃走呢？不戰而逃就沒有意義了吧？」

「這……」

彩葉提出意想不到的指正，讓八尋語塞了。

八尋他們聽從比利士藝廊那對雙胞胎的指示，正朝橫濱而去。理由則是為了逃離將根據地設在埼玉那邊的萊馬特追兵。

指示的內容並沒有什麼古怪。實際上，受到未踏足區域阻隔，ＲＭＳ的追捕已經中斷。然而，那代表ＲＭＳ陣營的損害也會減少。這跟她們倆打算讓八尋跟萊馬特互鬥的目的互相矛盾。

「為了能確實得到妳——會不會是這樣？」

在雙胞胎的盤算中，如果得到彩葉優先於削減萊馬特的戰力，那她們做這種指示就可以理解。然而，彩葉立刻否定了八尋的假設。

「那樣的話，為什麼不馬上過來接我們呢？只叫我們兩個人穿越未踏足區域，用這種不可靠的手段，未免太奇怪了。」

「我從一開始就曉得她們兩個都有哪裡怪怪的就是了。」

八尋擺出不服輸似的態度說道。

彩葉的指正有道理。假如想讓八尋跟萊馬特互鬥，便沒有必要指引他們逃亡。假如要優先將彩葉帶回去，就不應該秀出珠依的照片。比利士藝廊的指示有相互矛盾之處。由此可見，那對雙胞胎另有八尋不知情的某種目的。

「即使我們知道有可能受騙了，還是只能去她們那裡吧。畢竟妳的那些小孩也在那裡等著。」

不明白的事情再想也沒用，八尋就這麼放棄思考。除了聽從雙胞胎的指示，八尋他們總歸是沒有其他選擇。

「弟妹啦！他們不是我的小孩，叫弟妹才對！」

彩葉一板一眼地糾正八尋的發言。

然後她忽然沉默了。她難得猶豫似的反覆做了幾次深呼吸，然後才下定決心般表白。

「欸，八尋，有件事，我非跟你道歉不可。」

「難道說……妳趁我睡著時做了什麼……？」

八尋用不安的口氣反問。啥——彩葉瞪大眼睛回嘴：

「什麼叫我做了什麼！我哪有可能那樣啊……！」

「不是，我跟妳開開玩笑啦，何必這麼生氣……」

「囉、囉嗦！」

彩葉急得聲音變了調，還用軟拳捶起八尋的背。她為什麼會慌成這樣？如此心想的八尋倒覺得困惑。

「所以說，妳要跟我道歉的事情到底是什麼啦？」

「呃，我……在大殺戮發生之前，或許有跟你妹妹珠依見過面。」

「啥！」

八尋不由得握緊剎車。急剎的機車幾乎要前傾地停了下來。

「呀啊啊啊！你做什麼！很危險吧，機車說停就停的話！」

彩葉差點被甩出去，就急忙摟住八尋的背。

八尋硬是轉身，跟彩葉面對面。

「不扯那些，妳剛才說的是什麼意思！妳遇見珠依是什麼時候！在哪個地方！」

「在……在夢裡頭……？」

彩葉受壓迫似的回答得毫無把握。

「夢？」

八尋露出難以言喻的困惑臉色。他並不覺得彩葉是在戲弄人。然而，八尋聽不出她的證詞有什麼含意。

原本八尋望著彩葉蹙起眉頭，這時卻警覺地抬起臉，表情隨之緊繃。

「那件事，我本來想好好聽妳說，但現在似乎沒有那種空閒了。」

「八尋？」

彩葉順著八尋的視線看向背後，就倒抽一口氣。

拂曉前的廢墟街道。周圍的高樓都像是被大規模爆炸掃過一樣倒塌，化為焦土的大地廣闊無際。

在那片平坦地形的另一端，可以看見散發著黯淡光彩的成群裝甲車。將近二十輛的輪甲戰車，還有多到數不清的戰鬥員布下了包圍網，正在等候八尋他們。

對方身上穿著讓人聯想到中世紀貴族的華美制服。那是RMS的戰鬥員制服。

「我們……遇到埋伏了？」

彩葉茫然睜大眼睛，並且嘀咕。

八尋他們一路穿越未踏足區域來到這裡，RMS沒道理追蹤成功。就算有辦法追蹤，也不可能趕在八尋他們之前將如此龐大的部隊集結於此。

想得到的可能性只有一種。對方早就得知八尋他們會朝橫濱而去。有某個人知道八尋他們的逃亡路徑，就將情報洩露給ＲＭＳ。

只有一個組織能辦到這件事——

「比利士藝廊……那對雙胞胎，居然出賣我們……！」

八尋氣得肩膀發抖，還出拳捶向機車的龍頭。

就在隨後，包圍八尋他們的ＲＭＳ裝甲部隊展開了砲擊。

7

呈曲射彈道掉落的迫擊砲彈在八尋他們後面炸開。

爆炸掀翻了道路，讓柏油碎片灑落在路上。

砲擊並未射偏。對方一開始就是瞄準地面，目的在於摧毀道路，堵住八尋他們的退路。

「彩葉，妳就跟那些人投降吧……！」

八尋頂著爆壓扯開嗓門。

理應在現場的藝廊雙胞胎不見人影。那對雙胞胎將八尋他們的逃亡路徑情報出賣給萊馬特了。

那要稱作背叛應該有失貼切。對她們來說，八尋只是個碰巧僱用的嚮導，將他拋棄不可能會感到猶豫。與其勉強把彩葉弄到手，如果比利士藝廊認為做人情給萊馬特比較有商機，就會毫不猶豫地出賣八尋他們。

八尋自認光是身為倖存的日本人，已經習慣被騙與遭人背叛了。即使如此，他還是感到牙癢，說來說去都是在無意識間信任了那對雙胞胎所致。

「你說的投降……是要叫我去投靠那些傢伙嗎？」

彩葉顯露出憤怒。對她來說，ＲＭＳ的戰鬥員不只毀了自己長期生活的家，還殺了跟她親如家人的那些魍獸，因此他們都是仇敵。

「那些傢伙要的是妳的能力，所以應該不會粗魯對待妳。視交涉情況，或許妳那些被藝廊帶走的弟妹也都可以要回來。」

八尋拚命說服彩葉。這種局面想帶著彩葉逃掉是不可能的，趁她還沒受到攻擊牽連而受傷，先讓她一個人投降會比較好。

彷彿在嘲笑八尋這樣的判斷，地面炸開了。

來自突擊步槍的威嚇射擊。挨槍的機車彈飛出去，火花四濺。

「唔！」

為了保護彩葉免於灑落的彈雨所害，八尋推倒她滾到地上。有幾發子彈掠過八尋，飛濺的鮮血濡濕肩膀。

僧帽肌裂傷，肩胛骨部分受損。完全痊癒大約要花十秒鐘。然而若將這些子彈照單全收，就連八尋也保護不了彩葉。

「這算什麼意思！你們不是來抓櫛名田的嗎！」

八尋因劇痛而繃著臉，起身向襲擊者怒喊。

道路沿線，倒塌的大樓瓦礫上有ＲＭＳ戰鬥員的身影。人數差不多十四五人，位居中央的則是裝了大型義手的費爾曼・拉・伊路。

「我會逮住她。不過，我並沒有接到將人毫髮無傷帶回去的委託（Order）。」

費爾曼又命令部下展開威嚇射擊。

無數子彈落在彩葉周圍，碎裂的柏油碎片朝她襲來。即使如此，彩葉仍未發出尖叫，而是用憤怒的眼光對著費爾曼。

「出動了這麼可觀的戰力，要是你們一下子就投降，我的面子可掛不住。麻煩你們努力抵抗，讓我這些部下樂一樂。」

費爾曼所說的話讓他的部下發出了粗鄙笑聲。

理應是威嚇射擊的子彈逐漸會掠過八尋他們的身體了。八尋和彩葉身為倖存的日本人，又具備異稟之力，對那些戰鬥員來說好比魍獸的同類，而且也是同僚的仇敵。傷害他們兩人會有的罪惡感應該形同於零。

如果他們肯用F劑，八尋就還有勝算。然而他們不變身成龍人，又使用槍械，八尋便沒有手段可反擊。

「這就是……你的企圖？為了封鎖我的行動……！」

八尋領悟對方的目的，因而氣得咬牙作響。

不停展開威嚇射擊將彩葉拖下水，就是要攔住八尋的腳步。隨便妄動會連累彩葉——讓八尋這麼想，便將他困在現場了。

既然如此，對方的下一步會是——

「——唔！」

費爾曼用左手拔出手槍。接著，他毫不留情地對準八尋的心臟射了子彈。八尋則用右臂擋下那發子彈。

子彈迸出火花彈飛出去，八尋皮膚罩著的鮮血護鎧現形了。

「果然是這樣。不死者少年——你淋過龍血啊，而且你還獲得了連鋼劍也傷不了的『弒龍者』肉體！」

費爾曼的嘴脣因喜悅而扭曲，其間仍不斷扣下扳機，每次八尋都會將飛來的子彈打落。

罩著八尋肉體的鮮血護鎧，是他在比利士藝廊那些人面前都不曾亮出的底牌。

然而，現在沒有餘裕藏招了。八尋閃躲的話，子彈肯定會射中彩葉。費爾曼刻意從那樣的角度開槍。

「了不起！實在是了不起的性能！連『ＭＯＤ２』都不是對手嗎！如果能把你活著帶回去，伯爵想必會大為欣喜！」

費爾曼拋開見底的彈匣，從腳邊拎起了巨大的槍械。

具備六支槍管的多管機關槍——以每分鐘最多可發射六千發的離譜射數為豪的電動式格林機槍。那原本是用來裝設於軍用直升機的配備，費爾曼卻單手舉了起來。搭配粗壯義手的握力，力氣奇大的法夫納兵才辦得到這種技倆。

「但光是那樣，無法平息我這條右臂的疼痛！」

費爾曼手持機關槍開火。他扣下扳機只有短短一瞬間。然而，在那一瞬間射出的幾十發子彈精準得難以置信，將八尋射穿了。

「唔！」

鮮血護鎧碎散，八尋的全身被打爛了。面對在短瞬間灌入的大量機關槍彈，連龍血賦予的鋼鐵肉體也無能為力。

八尋受到現代兵器的威能擺弄，重摔在地面。他之所以還能保有人型，與其說是拜不死者肉體所賜，其實不過是費爾曼興起避開了致命傷而已。

「八尋！八尋——！」

彩葉張開雙臂站起身，想保護倒地的八尋。

隨後趕來的兩個法夫納兵就輕易把彩葉制伏了。他們全然無視彩葉的抵抗，直接把她從八尋身邊拉開。

費爾曼確認後，再度扣下機關槍扳機。原本想起身的八尋再次彈飛，遭到轟斷的左臂滾落地面。

「哈哈，吃了這麼多子彈還能活啊。算你厲害，不死者！」

費爾曼已經連瞄準的意思都沒有了。無數子彈如冰雹般灑落，將八尋全身逐步絞成細碎的肉片。

即使如此，費爾曼仍不停止開槍。彷彿在測試不死者的極限，每當八尋顯露回復的徵兆，他就會用巨大機關槍狂射。

「但是，你在抵達這裡之前流了多少血？流動在你體內的龍血還剩下多少？」

「不可以！住手！你們放開我！八尋——！」

彩葉甩亂頭髮哭喊。

八尋倒在地上動也不動，肉體勉強還保有人型，卻沒有重啟再生的跡象。那一幕彷彿替費爾曼提到的失血過度做了背書。

費爾曼總算滿足似的微微一笑。

但在下個瞬間，他的笑容受到驚嚇而僵化。

「不準你們傷害八尋——————！」

原本理應抓住彩葉的法夫納兵突然放開她。彩葉甩開他們的手，撲到八尋身上保護他。

費爾曼立刻將手指從扳機挪開，能每秒連射百發子彈的多管機關槍卻在那一瞬間讓彩葉挨中了無數子彈。

彩葉全身濺出了鮮血，落在橫躺於地的八尋身上。

「嘖……玩這種愚蠢的把戲……！」

費爾曼拋開機關槍咂了嘴。為對付不死者所準備的多管機關槍用在人類身上，殺傷能力就嫌太強。光是子彈從旁擦過也能確實要人命，儘奈彩葉的生存率已經無法指望。

費爾曼一氣之下，便將矛頭轉向放著彩葉去送死的兩個法夫納兵。

然而費爾曼在瞪向他們的瞬間，就瞠目倒抽了一口氣。

兩個龍人茫然望著被槍彈射倒的彩葉，杵在原地不動。他們的身體正在燃燒。

熊熊燃起的青白色火焰包裹住法夫納兵全身，使其化為全白的灰燼。

面對那團烈火，連法夫納兵的再生能力也無用武之地。他們都還來不及哀號就燃燒殆盡，然後不留痕跡地消滅了。

「什麼……？怎麼回事……發生了什麼事？」

費爾曼的眼神動搖。

燃燒的並不只法夫納兵。彩葉倒下後與八尋相疊在一起的屍體，全身正被炫目的火焰包裹。火光猛烈捲起後飛到上空，令人聯想到巨龍升天的身影。

「快開槍！射那個女人的屍體！阻止那團火！」

來自本能的恐懼促使費爾曼喊了出來。其麾下的戰鬥員同時扣了扳機，費爾曼自己也再次舉起機關槍。

然而，射出的子彈並沒有傷到彩葉他們的身體。火焰瞬間將子彈熔化，還沒有觸及兩人便逐步蒸發。

「豈有此理……！」

費爾曼端正的臉孔急得都歪了。

簡直像導火線就此引燃，爆炸的巨響搖撼了廢墟街道。

布署在費爾曼等人背後的裝甲車部隊都隨著轟鳴聲爆炸四散。

來自主力戰車級的大口徑火砲攻擊。面對專剋戰車的高速穿甲彈，對付人員的車輛只配備了輕裝甲，根本不堪一擊。

遭到直擊的裝甲車自然不用說，眾多戰鬥員在極近距離內受爆炸殃及，也被炸開的碎片擊中而當場無力化。

頭一波爆炸的衝擊仍未停歇，下一波攻擊便已命中，又有好幾輛車被摧毀。

迫擊砲彈從上空灑落，此時RMS的裝甲車部隊已經陷入恐慌狀態。他們對意料之外的奇襲無從反擊，有一部分的戰鬥員就開始爭先恐後地逃亡。

「這次又怎麼了！」

費爾曼急得用怒喝般的口氣逼問副官。

副官裝備了步兵用的戰術數據鏈數位護目鏡，擠出乾涸似的嗓音。

「是、是砲擊！」

「這我知道！從什麼地方來的砲擊！」

「高架鐵路上。是裝甲列車！隸屬於比利士藝廊的『搖光星』！」

「比利士藝廊……竟然……」

費爾曼瞠目回頭。

RMS主隊布署的位置是在舊第一京濱國道周圍。而在國道故址，還有與其並行的鐵路通過。

灰色的火車停在該鐵路上。是八節編制的裝甲列車。

各節車廂都覆有厚實裝甲，以眾多火砲為武裝。

當中吸引目光的，尤以前後車廂配備的四門巨大砲塔為最。五五口徑的一二〇毫米滑膛砲。那種裝甲列車只要一組編制，擁有的火力就足以匹敵主力戰車的一支小隊。

「難道那些傢伙的目標……是我們嗎！為了引出RMS的主隊再予以殲滅……藝廊竟然用了不死者與櫛名田當誘餌！」

費爾曼茫然嘀咕。

大殺戮導致日本國內的交通網遭受了毀滅性損害，然而，唯有鐵路到現在仍維持著一部分功能，當中也包括二十三區的部分區間。

比利士藝廊正是利用尚存的鐵路網，祕密地派出了高火力的裝甲列車，進而成功向RMS展開奇襲。

鐵路與國道距離接近，周圍都沒有障礙物能遮蔽射線的廢墟街道，就是發動奇襲的最佳地形。比利士藝廊藉著向費爾曼透露鳴澤八尋的逃亡路徑，把RMS的主力部隊都引誘到了這裡。

「之前在櫛名田捕獲作戰差點被殺，自以為這樣就能向我方報復嗎？一群蠢貨。」

費爾曼流露出無法盡掩的怒氣，聲音卻是冷靜的。

失去裝甲部隊確實是一大打擊，然而RMS還有F劑。倖存的法夫納兵連費爾曼在內只有八名，但是要壓制比利士藝廊的裝甲列車已經足夠。
費爾曼發出指示，要部下投入Ｆ劑。
配發給他們的Ｆ劑屬於改良型ＭＯＤ３，不僅各方面能力都有提升，可戰鬥時間也大幅延長，性能用來應付當前局面再合適不過。
變身成龍人的戰鬥員們發出咆哮。比利士藝廊的裝甲列車雖有好幾挺對人機槍作為武裝，但那些對法夫納兵來說構不成任何威脅。
為了展開反擊，費爾曼準備向部下開口號令，接著他愣住了。
因為費爾曼在青白色火焰的漩渦中看見了幽幽起身的人影。
一名渾身染血的少年抱起了無意識的少女。
那是拔出日本刀擺好架勢的鳴澤八尋。

8

——嗚汪～～！大家早安！

在朦朧的意識當中，似乎聽見了懷念的聲音。是彩葉的聲音。

這是在作夢——八尋心想。

周圍被炫目的青白色光輝所籠罩，什麼也看不見，連自己的輪廓都無法分辨，也分不出自己是飄浮在某個地方，或者正持續不斷墜落。

唯一可以知道的是彩葉在那裡。八尋只靠氣息，感受到她一絲不掛地待在身邊。

——對不起喔，八尋。明明是自己的事情，我卻什麼都不了解……

有彩葉的意念流入。悲傷；慨嘆；苦惱；後悔；還有慈愛。可以感受到溫暖的情緒洪流好似要療癒八尋受創的靈魂。

——我終於想起來了。那天發生的事情……

在八尋的腦海裡，有無數的記憶片段浮現。

蒼穹；雲海；炎之翼；眼底廣闊無際的海面與巨大都市；還有光。

長了八顆頭的巨龍，還有帶領群首的八名少女。

驀然回神以後，八尋眼前站著赤身裸體的彩葉。

她捧在胸前的是一柄劍。

彩葉舉起被火焰籠罩的那柄劍，捅向八尋的心臟。

伴隨著不成言語的悲嘆，她留下的血淚滴落在八尋胸前——

「原來，龍不是只有一頭——」

†

「這不是讓妳跑到別人夢裡，還用『嗚汪～』打招呼的時候吧……」

八尋輕輕地讓彩葉躺到地上，然後慵懶地嘀咕。

理應挨中槍彈的彩葉身體平安無事。雖然她愛穿的土氣運動服已經破破爛爛，讓人不忍卒睹，從破洞露出來的肌膚並沒有受傷。

到了現在，八尋便明白其中理由。

區區凡人的攻擊不可能傷得了她。

「你可真會折磨人啊，費爾曼·拉·伊路。」

從火焰中現身的八尋，肉體已經變成既非人類也非龍人的古怪模樣。

硬質外殼宛如一副龜裂的鎧甲，亦如龍身上的鱗片，那不只保護了手臂，更裹覆於八尋全身。其表面帶有光澤，光芒就像環繞的火焰一樣搖曳著。

打刀理應遭到槍擊而碎裂的刀身也復原了。

八尋握著護手已毀的九曜真鋼的刀莖，緩緩邁出腳步。

彷彿懾於他那靜靜的步伐，法夫納兵為之動搖。

「我准許你們以各自的判斷交戰。不必殺他，斷他的手腳。」

費爾曼命令部下們攻擊。

「知道了……！」

法夫納兵藏起恐懼，並且各自拿出開山刀（Machete）款式的佩刀。

費爾曼則舉起右臂的義手，伸出指頭內藏的鉤爪。

多管機關槍射了那麼多子彈，還是無法取不死者的命，那就不必勉強殺他。先讓他動不了，逮住人以後再冰凍起來就行了。費爾曼打的是這種主意。然而，這是致命性失策。

「來吧，復仇的時刻到了——！」

八尋呼喚似的朝著舉起的刀嘀咕一句。

接著八尋便反擊持刀砍來的法夫納兵。他的身手形同門外漢，跟受過刀械搏擊訓練的戰鬥員根本不用比。既無心機也無防禦，連敵我間距都不顧的動作宛如野獸。究竟有多少人發現，那對不死者來說就是最佳戰術呢——

「什……！」

在費爾曼背後，他的副官說不出話了。

跟八尋接觸過後，有兩個法夫納兵隨之炸開。自身的再生能力被迫失控，軀體就從內側迸裂了。緊接著，又有兩名發動追擊而被打倒。

法夫納兵的攻擊並非沒有觸及八尋，然而法夫納兵的開山刀會被八尋的外殼阻擋，反觀八尋的刀只要砍中一丁點，就對法夫納兵造成致命傷。

那已經不算戰鬥，是連廝殺都稱不上的單方面殺戮。雙方立場在不知不覺中完全逆轉了，被狩獵的是費爾曼等人。

「你們想擅離崗位嗎！這可是違約行為！」

無視費爾曼的命令，並未變身成龍人的副官及其他戰鬥員都開始逃亡。

逃的並不只他們，連受到比利士藝廊攻擊的裝甲部隊也已開始潰敗逃走。

法夫納兵與其說遵從命令——不如說是受了本能感受到的恐懼驅使，才會對八尋發動攻擊，但是在不死者的過人力量面前輕易地遭到蹂躪。

剩下的法夫納兵只有費爾曼。

「他們是用錢僱來的戰鬥員，形勢不利的話當然會逃。」

八尋用彷彿事不關己的悠哉口氣對費爾曼喚道，他的嗓音裡甚至有些許同情的調調。如此的事實讓費爾曼大為光火。

「但是，我不會讓你逃走。拉・伊路少校，我想問你的事情可多了。」

「鳴澤八尋——！」

費爾曼舉起鉤爪朝八尋衝去。

八尋徒手接住了他的攻擊。以法夫納兵的怪力探出的鋼鐵義手威力匹敵巨大戰鎚，並不是血肉之軀所能對抗的。

即使如此，八尋的手臂並沒有碎。費爾曼察覺到，是過人的再生能力趕在他的肉體被破壞前就先將傷勢治好。

八尋振臂高揮右手的刀，對法夫納兵而言可謂必殺的攻擊。費爾曼滾到地上，避開了那一刀，模樣狼狽得連掩飾的餘裕都沒有。

「為什麼……鳴澤八尋！你應該曾瀕臨死亡……！」

費爾曼屈辱得皺起臉，並且嘶聲低吼。

接著，他將目光轉向八尋背後的彩葉。

「我懂了，是櫛名田……那女人的真面目……跟地龍（史佩爾畢亞）一樣……！」

費爾曼抓住了八尋一瞬間的破綻，拔腿疾奔。

在他衝去的方向有彩葉至今仍倒地不起的身影。

八尋察覺到費爾曼的目的是要帶走彩葉。法夫納兵的腳力強過身為不死者的他。如果這時候讓費爾曼逃了，八尋便無法追上對方。

即使明白這一點，八尋仍莫名沉著。

他知道自己該怎麼做。

位於體內的劍會教他。

「住手，費爾曼．拉．伊路——！」

伴隨著最後的警告，八尋舉起刀。

他在腦海想像。想像劃破黑暗的一道閃光，想像燒遍天空的深紅光輝。

想像彩葉捧著的炎之劍——

全身血液都化為灼熱洪流。那是焚龍烈火，弒龍者之光，八尋在那天未能取得的力量。

無意識之間，八尋從口中吐露了那個字。

「【焰】——」

須臾被延長至永遠，跟敵人的距離變為零。目標是流動於法夫納兵體內經稀釋的鳴澤珠依的血液——為了焚盡龍血，利刃迅揮而過。

十幾公尺。八尋衝過絕無可能企及的那段距離，然後緩緩回頭。

背後有最後一名法夫納兵被火焰包裹住全身的形影。

「豈有……此理……我居然……會敗在這些怪物……」

費爾曼的軀體被深深地斬開，原本他仍想攻擊八尋，隨即在現場不支倒下。包裹肉體的火焰更添猛烈，轉眼間令其化成白灰。

「……你這……被詛咒的……怪物……」

留下詛咒之語後，費爾曼的肉體就此消滅。

八尋默默地望著那一幕。

他無意同情對方。畢竟費爾曼朝他射了好幾十發的子彈，甚至還想殺彩葉。但是，即使如此，八尋仍無法不去思索，如果沒有龍存在，對方是不是就可以免於迎來這樣的末路。

包覆在八尋全身的深紅鱗片開始零零散散地脫落。與此同時，他感受到原本在體內作亂的龐大力量正逐漸變得薄弱。八尋應當焚盡的龍血已不存在於此——彷彿八尋的肉體在無意識間傳達這一點。

「八尋……你還……活著？」

背後傳來彩葉起身的動靜。

八尋回頭的同時，有某種柔軟的東西迎面撲來。朝八尋趕過來的彩葉急得像是要飛撲撞人，還撲簌簌地流淚巴著他不放。

「太好了……實在太好了……」

「好個頭。妳居然那樣胡來。」

想哭的是我耶——彷彿在如此抱怨的八尋深深嘆了氣。在身體沒辦法多動彈的狀況下，目睹彩葉遭槍擊的那種絕望感，他現在回想起來還是會渾身結凍。

「還有，可以的話，妳最好離我遠一點。順便再拜託妳，想想辦法處理自己身上那套衣服。」

「……咦，衣服？你在說什……哇啊啊啊啊！」

彩葉低頭看見胭脂色的運動服變得破破爛爛，就發出高八度的尖叫。

而且她穿在運動服底下的直播用服裝布料面積原本就小，因此破損狀態更誇張。雙方肌膚相觸的感覺讓八尋也藏不住內心的動搖。

「你、你看見了？」

彩葉遮著胸口，並且往上瞟了八尋。

「不，我什麼都沒看見。」

八尋撇清關係似的淡然回答。

彩葉氣得橫眉豎目說：

「騙人！要不然，你的臉為什麼會那麼紅！」

「朝陽照的吧。」

八尋擺出裝蒜的表情，望向東方。

於逆光中浮現的廢墟街景正被升起的太陽染得像血一樣紅。

ＲＭＳ的裝甲部隊已經潰滅，存活的戰鬥員們也早就不見人影。比利士藝廊的裝甲列車在砲擊結束後便保持著詭異的沉默。而且——

在緊緊依偎著彼此的八尋與彩葉之間，有個將頭髮挑染成橘色的少女探頭出來。

「哦～～看來你們才過一個晚上就變要好了嘛。發生過什麼愉快的事情嗎？」

「呀啊！」

「茱麗！妳……！」

仍用手遮著胸口的彩葉尖叫，八尋則反射性地擺出架勢防範。

茱麗葉．比利士無聲無息地現身，站到他們眼前。然而從她身上感覺不出敵意。茱麗反而還像孩子一樣亮起眼睛，盯著八尋握在手上的刀問：

「欸欸欸，重要的是剛才那是什麼啊？呼溜溜地就過去了，你怎麼辦到的？」

「呃，什麼叫呼溜溜……」

八尋板著臉支吾其詞。

茉麗應該是在形容八尋砍中費爾曼的招式。但是，八尋回想不起自己是怎麼打倒他的。

當時他只是覺得出刀就會中，即使被要求再來一次，八尋也沒把握能重現。

「那就是你的神蝕能(Regalia)嗎，八尋？精彩的一刀。還有，你用的血纏(Gore Clad)亦然。」

藍髮少女站在茉麗旁邊，用判別不出情緒的平淡語氣說道。

神蝕能；還有血纏——陌生的字眼讓八尋蹙起眉頭。

「珞瑟……妳們在打什麼主意？為什麼拖到現在才現身？」

「很動聽的問候。但我們可是來救兩位的喔。」

珞瑟塔．比利士並沒有壞了心情，還雲淡風輕地回答。

八尋不耐煩地撇了嘴。

「把我們當誘餌，虧妳還講得出這種話。」

「多虧如此，藝廊成功削減了ＲＭＳ的大半戰力。」

珞瑟毫不慚愧地公然告知。她那意想不到的答覆讓八尋吭不出聲了。

「這表示，萊馬特的守兵也就相對單薄了。」

茉麗露出好戰的笑容，令人聯想到殘忍的貓。

「難道說……妳們……比利士藝廊的真正目的是……」

八尋茫然擠出聲音。

比利士藝廊知道萊馬特囚禁了鳴澤珠依，也知道八尋想殺珠依。

要殺鳴澤珠依，就無法避免與萊馬特一戰。對方是擁有雄厚資本的軍事企業大廠，比利士藝廊再有實力，也無法硬碰硬贏過那樣的對手。

然而ＲＭＳ已經失去主力部隊，萊馬特的民營軍事部門就陷入潰滅狀態了。藝廊將八尋和彩葉當成誘餌，成功製造了殺鳴澤珠依的機會。

八尋恍神似的杵在原地不動，貌美如人偶的雙胞胎就當著他面前恭敬地行了禮。

「請容我們重新問候。我名為茱麗葉．比利士，這邊的是家妹珞瑟塔。我們謹代表比利士的當家之主前來恭迎兩位。」

茱麗彬彬有禮的遣詞方式讓八尋和彩葉感到困惑。然而茱麗神情嚴肅，看來不是在戲弄八尋他們。

「妳所說的兩位，是指我跟八尋嗎？」

「正是如此，『火龍（厄瓦利提亞）』——儘奈彩葉大人。」

「厄瓦……厄瓦利提亞？」

彩葉被茱麗用陌生的名號稱呼，就混亂地歪過頭。

「原來妳們想要的並不只彩葉的能力？」

八尋仍對雙胞胎投以警戒的眼神，並且問道。

雖說是為了削減萊馬特的戰力，八尋並沒有忘記她們倆把自己跟彩葉當誘餌利用。八尋正在懷疑對方是不是打算好言哄騙，以便再次利用他跟彩葉。

然而，珞瑟斷然搖頭否認。

「不。我倆被比利士藝廊賦予的任務，就是要助你稱王。『弒龍英雄』鳴澤八尋——我等的主子。」

她一臉嚴肅地回話，使得八尋只能不知所措。

第四幕 虛位王權

THE HOLLOW REGALIA

CHAPTER.4

1

日本年平均降雨量高，屬於水資源相對豐沛的國家。然而，如今大殺戮導致上下水道皆已停擺，不少人都把入浴當成奢侈的風俗習慣。

所以八尋上了比利士藝廊的裝甲列車以後，最受感動的或許就是有淋浴室這一點。畢竟水龍頭一扭就有熱水出來，他甚至覺得像魔法一樣。

基本上，大概是因為空間劃分難免拮据，淋浴間的內部相當狹窄，隔板也薄。透過天花板的換氣口，連女用淋浴室的對話內容都能聽得一清二楚。

『唔哇……珞瑟小姐，妳的膚質好棒……！腰也好細！』

『妳的身材也好得讓人羨慕，彩葉。相當凹凸有致……相當……令人怨恨……！』

『……有好到讓人怨恨嗎！』

八尋聽著彩葉與珞瑟的露骨對話，默默地繼續洗頭。不死者的肉體只能治療出血量達一定程度以上的傷，從淋浴噴嘴灑出的熱水水壓便沁入全身上下殘留的輕微傷口。

『過去妳都是怎麼解決入浴問題的呢？』

『啊～～……因為我們家裡有溫泉，不用為洗澡傷腦筋。』

彩葉回答珞瑟的疑問。珞瑟納悶似的吸了口氣。

『溫泉？在二十三區內？』

『對對對。倒不如說，其實就是因為有溫泉湧出，我們才會在那裡生活。』

『原來如此，妳的這副好身材是出自日本溫泉的功效啊……原來如此。』

『呃……這、這我就不確定了耶……』

珞瑟嘀咕的口氣格外認真，使得彩葉含糊其辭。聽起來實在不像使役魍獸的少女跟軍火商幹部會有的對話。究竟好到什麼程度啊？八尋感到困惑並洗滌完全身，伸手拿了浴巾。

隨後，淋浴室的門被打開，有人匆匆忙忙地跑了進來。

「八尋八尋！熱水的溫度怎麼樣？淋浴設備會用嗎？」

「唔喔，茱麗！妳怎麼會跑進來！」

分隔淋浴間的拉門只與八尋肩膀同高。個子嬌小的茱麗一邊踮腳一邊從門緣上面探頭。

「我拿衣服來給你換啊，想說還可以順便檢查你的身體。哦哦……這還真是……！」

「妳明目張膽地看什麼啊！」

暴露在茉麗的邪惡目光之下，八尋不由得繃緊身體。她是來確認八尋的傷勢恢復得如何，而八尋正是因為大致了解她的來意才會更加警戒。實際上，八尋已經把浴巾圍到腰際，倒不用這麼神經質。

「表示你不只願意讓我看，還可以讓我摸嘍？」

茉麗說著就對八尋手臂的肌肉摸來摸去。

「我沒說過任何一句有那種意思的話！」

「好嘛好嘛，有何不可呢？」

『——八尋，你在要求茉麗做什麼！』

『等一下，珞瑟小姐！妳不可以只穿那樣就衝進男用浴室！』

女用淋浴室的對話會傳來這裡，當然就表示這裡的對話也都藏不住。八尋聽見難得感情用事的珞瑟開口怒罵，還有彩葉的尖叫聲，就厭煩地朝天花板仰起頭。

「哎呀～～幸好有地方沖澡。」

彩葉走在裝甲列車的通道，發出開朗的嗓音。

整晚逃個不停都沒空休息，還弄得滿身汗，應該很令她掛懷吧。彩葉望著自己映在車窗上的模樣，心情顯得絕佳無比。

「也對，好在能跟她們借衣服換。」

八尋在彩葉旁邊發出愛理不理的嗓音。氣氛之所以有幾分尷尬，是八尋想起了先前彩葉跟珞瑟的對話所致。飄散在通道上的肥皂香味莫名令人介意。

然而，彩葉不顧八尋的心情，拉近距離說：

「就是啊。不過，穿這套制服會不會讓身體曲線太突出了點？」

「跟妳的直播服裝差不多吧。」

「我、我是因為覺得可愛，才會穿成那樣……」

跟雙胞胎同款式的無袖制服，肩膀與胸口的暴露度都高。

她們姑且主張過這麼設計是因為戰鬥時便於活動，然而八尋懷疑她們會不會旨在利用自己姣好的外表，藉此於談判場合占得優勢。彩葉形同是被拖下水的。

「唉，反正感覺很涼快，沒什麼不好吧。既然現在是夏天，看起來也沒有多怪。」

「是喔。嗯，既然八尋覺得合適，那就算嘍。」

「我可沒有提過任何跟合適有關的字眼……」

八尋對彩葉的自我認同感之高感到傻眼，刻意不加以吐槽。畢竟他覺得合適是事實。

車廂連接處的貫通門開啟後，八尋他們便移動到隔壁車廂。

那個車廂與肅殺的裝甲列車並不搭調，內部是一處時尚餐廳風格的自由活動空間——供人員歇息的休閒車廂。原本玩傳統桌遊玩得興起的那些戰鬥員，這時注意到八尋他們了。噢噢——愉快似的歡呼聲掀起，意想不到的歡迎氛圍讓八尋有些困惑。

「八尋！什麼嘛，沒想到你看起來挺有精神的！」

「喬許……魏洋哥……原來你們也都平安無事。」

「噢。夠猛吧，這輛搖光星。以柴電動力可以發揮出四千四百匹馬力，有這種塊頭與裝甲還能達到最高時速一百一十公里。為了抑制大口徑砲的後座力，應用了有助高速行駛的車體傾斜系統就是關鍵。再搭配新研發出的流體剎車，便能兼顧重裝甲與速度。雖然床鋪又窄又硬，睡起來簡直要人命就是了。」

喬許像個喜愛鐵路的小孩，炫耀起裝甲列車的好。

「到級別Ⅲ為止的魍獸，這輛列車都能獨力擊退。我們之所以能帶著那些小孩脫離二十三區，也是因為有它來接應。」

魏洋露出爽朗笑容，為喬許的說明做了補充。

彩葉與那些孩子當成「家」的東京巨蛋故址附近也保留有未受損傷的鐵路軌道。櫛名田捕獲作戰失敗後，魏洋等人受到大群魍獸包圍，正是靠裝甲列車才從二十三區平安撤退。珞瑟在無線電曾提到「比利士藝廊的王牌」，應該就是指這輛搖光星。

「對了……那些小朋友……！能讓我跟我們家的小朋友見面嗎！」

彩葉猛然挺身問了魏洋。

魏洋有些被她的魄力嚇到，但還是爽快地點頭。

「要找那些孩子的話，他們應該都上了剛剛才與列車連接的客用車廂。我想差不多要過來了。」

彷彿在替魏洋的發言背書，車廂連接處的門開了，嬌小的人影紛紛湧進休閒車廂。那是在二十三區跟彩葉一起生活的弟妹們。

「儘姊姊！」

「彩葉！」

「儘奈～～！」

孩子們各自叫著彩葉的名字，朝她抱了上去。

「太好了，大家都沒事……真的太好了……！」

彩葉也將孩子們擁入懷裡，理所當然般開始嚎啕大哭。即使之前接到孩子們都平安的說明，在實際再次相會之前，彩葉心裡還是有所不安吧。

「那個……八……八尋哥哥！」

八尋原本一直望著彩葉的哭臉，突然被叫到名字就嚇了一跳。顯露出緊張情緒站在他眼前的人，是個穿水手服的文靜少女。

「妳是……跟彩葉住一起的……」

「是、是的。我叫佐生絢穗！那個，謝謝你在家附近救了我們！」

少女一邊發出高八度的可愛嗓音一邊深深低頭致謝。之前她差點遭受魍獸攻擊，八尋就在勢之所趨下救了她。八尋想了一會才發現她是在為當時的事道謝。

「啊，不會……幸好妳沒事。」

八尋很久沒聽人道謝了，所以一時間說不出話。然而，八尋支支吾吾做出的回應讓自稱絢穗的少女羞赧地露出微笑。

但就在那一瞬間，八尋感受到懷著強烈殺氣的視線，身體因而畏縮。

視線的主人是彩葉。敢對我寶貝的妹妹亂來就不饒你——從中可以感受到彩葉如此強烈的意志。另一方面，彩葉的視線也在訴說：害絢穗傷心的話一樣不饒你。

到底要我怎麼辦啊？當八尋撇嘴表示不滿時，另一個孩子就隔著絢穗的肩膀探出臉。年紀大概十歲左右，是個五官秀氣得似乎會錯認成少女的少年。

「小絢，就是這個人嗎？妳說跟彩葉在外面晃到早上才回來的對象？」

少年稚氣漂亮的臉上浮現使壞般的笑，並且如此說道。絢穗則是「咦？」地臉紅，不知道該說什麼。

「欸……希理！你在說什麼啊……！」

彩葉倉皇失措，喬許等人看她這樣就噗哧笑了出來。既然沒做虧心事，妳就隨便他們說啦——八尋如此心想，但事到如今才說這些，感覺也只會帶來反效果，因此他便噤聲。

「哦～～長相還算可以。」

希理旁邊有個少女仰望著八尋，還打量似的嘀咕起來。她的年紀比絢穗小，差不多讀小學高年級，是個給人好強印象的美少女。

「你這樣不行喔，希理，戲弄比自己年長的人。還有凜花，妳講的話也很沒禮貌。」

有個相貌乖巧的少年替八尋著想，介入了姊弟之間。

「儘姊姊，他們說的晃到早上才回來是什麼意思？」

「什麼意思～～？」

年幼組的少年少女們對彩葉投以純真眼神，提出了疑問。而彩葉慌慌張張地視線到處亂飄，看起來也像在求助，八尋卻裝作沒發現。

這時候，八尋感覺到好像有人拉了拉他的左手。

回神一看，有個小女孩跟他對上了目光。

在彩葉的弟妹當中，有個格外年幼的嬌小少女握住了八尋的手，還凝神盯著他。是個一雙眼睛好似會將人吸進去的奇妙少女。

「…………」

「對、對不起，八尋哥哥。瑠奈，妳放開大哥哥的手。」

絢穗連忙向妹妹喚道。

「真難得耶，瑠奈竟然會像這樣黏著別人。」

「這個叫八尋的男生，該不會是喜歡小女孩吧？」

被稱作凜花的少女，還有名叫希理的少年都擅自道出感想。

彩葉聽見這些話，就凶巴巴地瞪大眼睛問：

「是這樣嗎，八尋！」

「不要連妳都認真當一回事啦！」

八尋厭煩地朝彩葉吼了回去。

明明跟孩子們會合還不到三分鐘，他卻覺得疲勞得像是跟魍獸纏鬥了一小時之久。以往彩葉能照顧好這些孩子，讓八尋重新對她湧上了一絲敬意。

帕歐菈間隔片刻才走進休閒車廂，並且叫了彩葉。

「儘奈彩葉。」

「我、我在！」

帕歐菈的嗓音缺乏抑揚頓挫，讓彩葉緊張地端正自己的姿勢。

然而帕歐菈的表情是柔和的。體型修長的她腳邊擺著一個蓋子打開的彈藥箱（Ammo Case），從容器裡探出臉的，是一團尺寸大約等同於中型犬的純白毛球。讓人無法分辨是狼還是小熊的謎樣生物——那是魍獸。

「這隻小東西，妳認得出來嗎……？」

「不會……吧……」

彩葉當場不支般跪了下來，白色魍獸就從代替寵物攜行袋的彈藥箱裡朝她蹦了過去。

「……難道說，這是鵺丸？你是鵺丸嗎？」

彩葉將魍獸接到懷裡，然後驚呼。魍獸搖起毛茸茸的尾巴表示肯定。八尋見狀就蹙起眉。要說的話，從那團白色毛球身上是可以看出巨大雷獸的影子。

「妳說的鵺丸……就是當時那頭魍獸？」

「對。雖然……現在變小了……」

帕歐菈回答了八尋的問題。

雷獸挨中RMS的戰車砲彈，讓人以為已經命喪當場，但是它似乎靠飛濺的肉塊重新組成身體，從而機靈地活了下來。身為不死者的八尋沒有立場說這些話，然而魍獸這種生物果真是違反常識的存在。

「太好了……他活著……八尋～～……鵺丸他還活著～～……！」

「我知道……我知道啦，所以妳別哭了……！還有，別黏著我……！」

GALERIE
BERITH

彩葉毫不顧忌他人的眼光，一邊像孩子似的抽泣一邊還巴著八尋不放。眼看新制服被汗水與鼻涕沾得黏答答，八尋便認命了。

絢穗望著八尋他們的互動，看似受到了刺激。其他小孩全都露出深感興趣的表情，莫名其妙跟著哭的喬許則是擦了眼淚。

然後珞瑟不巧就在這時候走進休閒車廂，還用掃興的目光望著八尋問：

「你又把彩葉惹哭了嗎，八尋？」

「什麼叫我又把她惹哭！我做了什麼嗎！」

珞瑟穿鑿附會地把狀況怪到八尋身上，使得八尋拚命提出抗議。

「好了好了，與其爭那些，不如來用餐吧。我肚子餓了。」

在一團亂的氣氛當中，最後現身的茉麗如往常般用我行我素的態度提議。

八尋和彩葉望向彼此的臉。除了在廢墟超商裡弄來的些許零食跟儲糧，現在離八尋上一次吃到像樣的餐點已經隔了將近整整一天。彩葉的狀況應該也差不多。他們意識到這一點以後，便忽然餓了起來。

「我們就一邊吃飯，一邊由我說明。你們都很好奇吧，關於龍的事情。」

茉麗和氣地微笑著告訴兩人。

八尋他們只好一語不發地點頭答應。

2

比利士家的雙胞胎招待八尋與彩葉到了與裝甲列車並不相襯，既開放又設有落地窗的觀景連廊。

連廊中央的餐桌上已經準備了四人份的餐點。

談到食材本身，內容絕對算不上豪華。但是，八尋與彩葉目睹了桌上擺出來的菜色，頓時訝異得失去了言語。

「八尋，這些是……」

「都是……日本菜呢。」

八尋對疑惑的彩葉表示肯定。

烤魚、味噌湯、高湯煎蛋捲、用鮮脆海苔包的三角飯糰，佃煮昆布與醃蘿蔔各附了兩片——漆器托盤上擺的無疑全是日本的早點。

「我們的大廚中先生可是精通世界各地的美食喔。」

茱麗愉悅地望向驚訝的八尋他們，還帶著得意的神情說道。

「因為我在大殺戮開始前也曾住過日本。」

有一名穿廚師服(coat)的東洋男子用茶杯裝了日本茶端來。

大殺戮開始時，旅居日本的外籍人士大多受了連累而喪命。另一方面，也有不少人逃到國外，勉強躲過了一劫。比利士家這位名叫申的大廚應該也是其中之一。

「味道……好好吃……」

咬下飯糰的彩葉含淚說道。

「那太好了。我還準備了很多份，吃完可以再添。」

大廚滿意地邊微笑邊行禮。

等他離開之後，八尋才重新面對雙胞胎。

「妳們對我跟彩葉還真禮遇耶。」

「這是下臣應盡的義務，吾主。」

珞瑟一臉從容地回答並啜飲味噌湯。

茱麗則是一邊大口吃著飯糰，一邊朝餐桌邊緣伸手說：

「啊，幫我拿那邊的醬油，吾主。」

「所以說，妳們口中的『主』到底是什麼意思？」

跟我瞎鬧嗎——八尋板起臉孔問。

「我應該提過，那是指弒龍者英雄。」
珞瑟平靜地將八尋蘊有怒氣的視線應付過去。
妳是在挖苦我嗎——八尋有苦說不出地繃緊嘴角。
「我沒有殺龍。」
「是啊。所以我們要請你動手，弒殺所有的龍。」
珞瑟面色不改地繼續說道。
若無其事的那句話讓八尋揚起一邊眉毛。
「所有的……龍？」
是的——珞瑟動了動眼睛表示附和。
「在大殺戮開始的那天，從日本上空觀測到的龍並非只有一頭。」
「咦……？」
「被預測到會現身的龍共有八頭。『地龍』——鳴澤珠依不過是其中之一。」
「我可沒聽說……有那種事……」
八尋聲音顫抖，瞪著珞瑟的眼睛。
那天，八尋目擊的龍只有一頭——珠依喚出的虹色巨龍。
八尋根本不知道還有其他龍存在，他沒聽過這樣的情報。以往八尋不曾設想過有珠依以外的「龍」牽涉大殺戮的可能性。

「當然了。畢竟情報都遭到掩蓋。」

別讓我特地說明這種事──彷彿如此表態的珞瑟冷漠說道。

「再說目擊者都死了啊。或許是有像八尋這樣的例外啦。」

茱麗叼著烤魚的尾巴聳了聳肩。

八尋默默望著她們。

龍並非只有一頭──他記得自己最近才聽過同樣的話。

那是在八尋的夢中，由彩葉說出口的話。

她的肉體在告知這件事以後被火焰包裹，然後就讓瀕死的八尋與自己復活了。

「妳們所提到的龍，是什麼呢？」

彩葉嘀咕著問道。細微無助的嗓音，與平時的她判若兩人。

「妳的問題，意思與『何謂神？』是一樣的。」

珞瑟靜靜地嘆息，彩葉則困惑似的眨了眨眼睛。

「……神？」

「遠古以前，有許多神祇與龍同在。比如身為創造神的奎札科亞特或者女媧，還有自身即象徵世界的阿難陀或耶夢加德……所謂的龍，就是注定要孕育出新世界──然後死於英雄之手的存在。」

「死於英雄之手的……存在？」

彩葉摟住自己的肩膀，嗓音似乎因畏懼而發抖。

是的——珞瑟點頭，並且微微揚起嘴角。

「因此龍已經不存在於這個世界。龍理應滅絕了，萬一還會降臨於現世，那便是來作客的——從異世界來的訪客。」

珞瑟若有所指地望向八尋。

「所以，非得殺了她們才行，藉由我們擁立的新英雄之手。」

「——那就是妳們願意告訴我珠依下落的理由？」

八尋一邊咀嚼飯糰一邊不悅似的吐氣。

弒殺龍——珞瑟是這麼說的。

她為了實現心願，會將珠依的下落告訴八尋算合乎情理。

除了珠依以外另有其他龍的情報確實讓人受到驚嚇，不過反過來講也就只有這一點出乎意料。八尋該做的事情並沒有任何改變。

「等一下。龍跟八尋他妹妹有什麼關係呢？」

彩葉硬是打斷了八尋的質疑並問道。珞瑟稍作思索後，似乎就決定先回答彩葉。她用雙手捧著茶杯，潤了潤嘴脣才開口。

「為了讓龍降臨於現世，必須有憑巫作為器皿。」

「憑……巫？」

「說成獻祭的巫女應該比較好懂。」

彩葉對珞瑟的說明點頭。並非單純侍奉神的女性，而是更為原始質樸地被當成祭品奉獻給神的存在──珞瑟所說的憑巫便是如此吧。

「比方說，讓惡龍巴拉烏爾擄走的處子們，或者連名字都不為人知的利比亞公主。世界各地有關龍的傳說中，每每都有出現被獻祭的巫女。」

藍髮少女格外徐緩地說明。

八尋微微蹙眉。他想起彩葉被稱作櫛名田這件事。出雲所稱的櫛名田公主，同樣是原本會被獻祭給龍的少女名諱。

「只要換個觀點，也可以解讀為龍是受她們召喚而來。這表示龍會先以人類的樣貌降臨於現世。儘奈彩葉──就像妳一樣。」

珞瑟從正面盯住彩葉。

彩葉語塞了。

「我……我嗎？」

「妳並不是毫無自覺吧？難道妳認為魍獸會聽命於凡人？」

「這……」

彩葉為難似的視線亂飄。某方面而言，這是理所當然的反應。妳是龍——突然被指名這麼說，八尋大概也會擺出類似的表情。

不過，八尋也在內心某處感到服氣。

光是有彩葉在身邊，八尋原本失血過度而力竭，還陷入死眠狀態的肉體就以超乎尋常的速度恢復了。至於第二次直接淋到她的血，連身為不死者的能力都在劇烈提升後發揮了異稟之力。

倘若彩葉跟珠依屬於同類，這奇妙的現象即可獲得解釋。

淋到龍之巫女的血先是讓八尋獲得了不死者的肉體，之後再淋到同為龍之巫女的血就提升了他的力量——

然而，那並不是彩葉的罪過，她沒有任何理由要為此負責。八尋明白彩葉跟珠依有決定性的差異。

「我跟妳們之間的契約，效力只到帶回彩葉為止吧？」

吃完飯的八尋雙手合十，並且看向比利士家那對雙胞胎。

八尋原先承包的工作是擔任嚮導，帶她們到櫛名田的棲息處；後來在勢之所趨下，又被迫帶彩葉逃離二十三區，但他不記得自己有答應更進一步的委託。

路瑟點頭並使壞似的瞇細眼睛。

「報酬……你似乎不需要了呢。」

「萊馬特國際企業囚禁了珠依對吧？」

「是的。她位在舊埼玉縣的陸上自衛隊駐紮地故址——現為萊馬特日本分部的駐留基地。我們大概還要兩小時才會抵達那裡。」

「——啥！原來這輛列車正開往萊馬特的基地？」

八尋詫異得目瞪口呆。比利士藝廊的裝甲列車讓ＲＭＳ主力部隊潰滅後，似乎就馬不停蹄地前往萊馬特的基地。

「直接穿過二十三區實在危險，因此這段車程倒是會繞得相當遠。」

路瑟用彷彿事不關己的語氣說道。

「妳們的目的，就是要擊垮萊馬特嗎？」

八尋帶著嚴肅的表情瞪了路瑟。

旗下的民營軍事公司遭受毀滅性打擊，已導致萊馬特戰力下滑。趕在他們重振旗鼓前搶先發動奇襲，這項作戰本身並無不妥。

然而，八尋的目的在於殺死化為龍的妹妹，並不是殲滅萊馬特。被路瑟她們利用於擊潰生意對手，坦白講很令他不愉快。

彷彿要抹拭八尋的疑心，路瑟微笑著搖頭。

「怎麼可能呢。就憑他們，並沒有那樣的價值。」

路瑟眼裡洋溢著難窺其奧的虛無，讓八尋不寒而慄。

她的話並不假。對路瑟而言，萊馬特國際企業跟掉在路旁的石頭一樣，因為會妨礙通過才踹開罷了。八尋能理解她這樣的心理。

「八尋，你想殺珠依對吧？」

茱麗望著八尋，愉快似的笑了笑。

「那個女生是龍的憑巫，我們則希望你能殺掉龍。彼此會這樣邂逅，簡直可以說是命運呢。」

「這算什麼命運……！」

八尋繃著臉。然而，儘管他反射性地否定，卻又不得不承認彼此利害關係一致。想抵達被萊馬特囚禁的珠依身邊，需要比利士藝廊協助。

「那麼，當成談生意能否讓你心服？」

路瑟冷靜地改口。八尋對她唐突的提議感到困惑。

「談生意？」

「對。比利士藝廊會從各方面提供後援，以利鳴澤八尋與儘奈彩葉弒龍。相對地，兩位要將弒龍之事辦成——內容雷同於運動員與贊助商簽訂的專屬契約。」

「不……不對不對不對，這算什麼？完全不一樣吧！」

彩葉急忙介入他們的對話。

「話說，妳剛才是不是順口就把我的名字也列入簽約者了！」

「……有什麼問題嗎？」

「有啦，大有問題吧！不如說全都是問題！還有八尋你也一樣！為什麼要把殺自己的妹妹說得像是理所當然呢！」

彩葉凶悍地瞪向八尋。

八尋從彩葉面前別開目光，並且朝窗外自言自語似的撂話。

「我不能放著珠依不管。無關於藝廊這些人，我就是要殺她。」

「所以我才要問，為什麼！」

「因為引發大殺戮的人，就是她。」

「——！」

彩葉冷不防地頓住了。

大殺戮既非自然災害，亦非意外。鳴澤珠依期盼的是殺戮，為此她將首都東京化成廢墟，殺光了日本人。

「彩葉，這樣妳還能寬容嗎？要是讓珠依活著，她就會一再重複相同的事。」

「她發生過什麼嗎……？難道說，你妹妹憎恨這個世界……？」

彩葉眼睛眨都不眨，朝八尋望過來。

八尋沒回答問題。要是如妳所想，那倒還好——八尋只是屏息吞聲地這麼嘀咕。

「殺珠依由我動手。」

八尋重新面對比利士家的雙胞胎，並且再次斷然告訴她們。

「彩葉跟這件事無關吧。麻煩妳們將她擱一邊去。」

「哇～～……八尋，你對她真好～～……」

茱麗像小學生一樣吹口哨起鬨，彩葉則嬌聲嬌氣地當真害羞了。

八尋滿臉通紅，瞪向橘髮少女說：

「少囉嗦。把無關的人扯進來只會礙事吧！」

「我們也希望將彩葉擱一邊啊，不過，那樣她會被殺喔。畢竟覬覦龍之巫女的並不是只有萊馬特。」

茱麗帶著愉悅的表情，還不經心地透露重要情報。

八尋一邊留意彩葉咬脣的反應，一邊不耐煩似的撇了嘴。

「殺了她是有誰能獲得好處？」

「自古以來，弒龍英雄大多藉由其功績獲得了龍的財寶。」

「……財寶？」

難不成跟ＲＰＧ的掉寶制度一樣嗎──如此心想的八尋露出苦笑。

然而，珞瑟似乎不懂八尋為什麼會笑，便微微搖頭說：

「是的。弒龍英雄各有其信物──也就是『象徵寶器（Regalia）』。好比英雄齊格飛奪得的黃金戒指，或者素戔嗚尊納入手中的天叢雲劍。」

「你們比利士藝廊真正所圖的，就是那種寶物？」

八尋眼中忽然散發理解之色。

先不論何謂黃金戒指，天叢雲劍乃是「天帝家」相傳的神代神器，這點知識八尋也有。那些古物作為藝術品會有非比尋常的價值也是可想而知的事。她們自稱藝品商，自然不可能會放過如此昂貴的商品。

殺龍並獲得寶器──倘若比利士藝廊的真正目的便是如此，似乎也就可以理解她們為何會協助八尋。

而且，珞瑟並沒有否定八尋的推測。

「你要那麼想無妨。雖然說，寶物未必是有形之物。」

「咦？」

八尋對她的說明有些意外，因為八尋想不通獲得無形之物是什麼道理。

彷彿要解答八尋的疑問，珞瑟指了奔馳不停的列車窗外——二十三區的方位。

「比如在二十三區中心，之所以會鑿出巨大坑洞讓魍獸湧出，據推斷就是鳴澤珠依的神蝕能（權柄）——【虛】所為。」

「……妳說的權柄……原來……是指那種力量啊……」

八尋感覺到背脊竄過一股涼意。

宛如拼圖拼湊成形，先前八尋抱持的疑問已經浮現出答案。

為什麼世界各國的軍隊會投入大量戰力來到因為大殺戮而鮮見人跡的日本列島？為什麼眾多民營軍事公司會爭先恐後地想要得到彩葉？

如果龍之財寶是足以輕易消滅一個國家的兵器，他們的行動反而成了必然。

茱麗敢斷言有人覬覦彩葉的性命，其理由也在此刻不言自明。

有倖存的日本人可以操控龍之權柄，人類就沒有道理放著這種危險不管。

己方能將憑巫活捉便是最好。如果不能活捉，只好趕在憑巫落入其他勢力手中之前先殺掉——恐怕每個人都會這麼想才對。

因此，比利士家的雙胞胎也對八尋說過，她們希望他能弒殺所有的龍。

「妳們說龍總共有八頭是吧。」

八尋用沒有感情的嗓音確認。

頭髮挑染成橘色的少女咬了梅干，覺得酸溜溜似的閉起眼。

「對啊，雖然並沒有觀測到全部的龍降臨。」

「我會殺的只有珠依，其他的我不管。」

「沒關係啊，目前能這樣就好。」

茱麗被酸得從眼角盈出眼淚，並且開心似的笑了笑。

「契約成立嘍。那我們來打勾勾。」

「……為什麼要打勾勾？」

八尋回望將右手小指伸過來的茱麗，心裡有些錯愕。

咦──茱麗不解地微微歪頭問：

「日本人打契約時不是都會這麼做嗎？」

「呃……要這麼說，應該也沒錯……吧？」

八尋遲疑歸遲疑，還是拗不過茱麗，就跟她互相勾了勾小指。

彩葉帶著複雜的臉色凝視那一幕。

「妳決定怎麼辦呢，儘奈彩葉？」

珞瑟對這樣的彩葉發問。

彩葉大大的眼睛閃爍著，下定決心般點頭，然後向具有惡魔(比利士)姓氏的少女們道出契約的諾言。

3

「——你說無法協助，是什麼意思？」

萊馬特分部內的作戰指揮室。耶克托爾・萊馬特伯爵朝解析度低的通訊螢幕扯開嗓門。

映於螢幕的通訊對象是軍事企業大廠D9S的日本分店長。換句話說，就是伯爵的同行。為了向D9S旗下的民營軍事部門商借戰鬥員，交涉剛起步就出了狀況。

『正如字面上的意思，伯爵。我方的部隊已趕往仙台市驅除魍獸，戰力不足以撥給貴公司用於警備。若您能等待約兩個星期的時間，我倒可以從本國傳喚人手補員。』

D9S的分店長用公事公辦的語氣說明。遣詞用字固然客氣，無意願幫忙的意思卻明顯得露骨。對方打算委婉地拒絕伯爵的委託。

「放棄任務的違約金由萊馬特負擔。你能不能在當下就將派往舊仙台市的部隊調撥到這裡？」

伯爵忍住湧上的怒氣繼續說道。

Ｄ９Ｓ是九間國際軍事企業組成的集合體，民營軍事部門坐擁的員工數尤其可觀，兵力據說甚至可比超級大國。

當然，單就公司的財力而言，萊馬特國際企業也不會比他們遜色到哪去。然而企業規模的大小在當前並不具任何意義。

ＲＭＳ派至二十三區的主力部隊被比利士藝廊擊潰了，結果導致萊馬特日本分部的現有戰力前所未見地單薄。

當下萊馬特若遭受其他民營軍事公司的突襲，應該就不堪一擊。非得及早補充戰力，最優先的課題是確保戰鬥員。

伯爵會找Ｄ９Ｓ商量，也是因為看上他們充裕的戰力。

然而——

『還望您高抬貴手，伯爵。統治宮城地區的加拿大軍是敝公司的最大主顧，我們並不希望在這種時候失去信用。』

Ｄ９Ｓ的分店長說完就回絕了伯爵的要求。

單從表面上的說詞來看，他的主張完全合情合理，伯爵也找不出反駁的頭緒。而且分店長還刻意露出滿面笑容補充：

『基本上，萊馬特國際企業就算不依靠我們，應該也有獨自的民營軍隊才是。記得那是叫……RMS對吧。您就將派往二十三區的主力部隊召回來如何？唉，前提是還有剩餘戰力能召回——』

「你……！」

伯爵的太陽穴上青筋暴跳。

D9S對RMS的主力部隊悉數潰滅一事知情。

而且他們拒絕向伯爵提供協助。這表示萊馬特企業已經遭到切割，D9S決定投靠比利士藝廊。

『那麼，伯爵，我就此失陪。麻煩替我向比利士家的雙胞胎問好。』

D9S的分店長在最後留下辛辣的挖古話，並切斷通訊。

伯爵接著有好一陣子都屈辱得發不出聲音。

「表示……比利士藝廊早就布好了這個局嗎……！」

總算理解狀況後，伯爵用力緊握手杖的柄。

朗格帕特納公司、Queensland Defensive Service，還有D9S——於關東一帶的民營軍事公司全都拒絕了伯爵的求援。比利士藝廊事前就使了手段，安排好要讓萊馬特受到孤立。

想利用其他民營軍事公司當誘餌，以便安全獲得櫛名田的如意算盤，在不知不覺中反而把自己逼到了絕境。對此伯爵難掩內心的焦躁。

「──RMS的增援部隊怎麼樣了？」

「已向本國要求增派兩支大隊。但是，人員及運輸手段的確保都有所耽擱，據估計至少要四天才能抵達──」

「意思是在那之前只能靠手頭的戰力撐過去嗎……拉．伊路……那無能的傢伙！」

伯爵對祕書的報告咂了嘴。

原因全出在費爾曼．拉．伊路中了比利士家那對雙胞胎姊妹的奸計，讓RMS痛失主力部隊。交給他的法夫納兵也全軍覆沒，連想要得到手的櫛名田都溜了。

比利士藝廊作為一間民營軍事公司，戰力的規模並沒有多大。

稱作少數精銳固然好聽，實際上就是靠戰鬥員的素質在彌補人員不足。

然而，萊馬特此刻沒有戰力能對抗他們。RMS的總部位於歐洲，想在半天左右將增援的分隊召來，於物理上不可能。

反觀比利士藝廊就行動迅速。恐怕再過不到兩小時，他們便會到這座基地叩門。

何況他們還帶了不死者。只要有那個可憎的日本人在，即使靠法夫納兵也無法擋下比利士藝廊的進攻吧。

是否該斷然放棄基地逃離——伯爵開始認真檢討。

失去基地設備會是一大痛處，但只要有時間，萊馬特仍可能重振旗鼓，要向比利士藝廊展開反攻應該也有機會。

重要的是法夫納兵的運用數據，另外就是作為F劑原料的龍之巫女。只要手上留著這些，其餘問題都能靠錢擺平。

當然，要擅自移送龍之巫女，統合體應該不會認同。但他們若要干預，最糟的情況下，就算將擔任監察者的奧古斯托．尼森殺了也無妨——

伯爵如此聳動的思路被突然的呼喚聲打斷。

「看來你似乎焦頭爛額呢，伯爵。」

「……唔！」

伯爵生畏似的回頭。

無聲無息就站到伯爵身旁的人，是個穿著一身高雅西裝的修長黑人男子。

理應待在研究設施內的奧古斯托．尼森。

「尼森卿？你有什麼事？這裡應該禁止進入——」

「聽說拉．伊路少校的法夫納兵全滅了。火龍『厄瓦利提亞』覺醒後，已將神蝕能【焰】交予比利士家的不死者。」

尼森無視伯爵的詰問，如此告訴他。

從對方修長體型散發出來的威迫感讓伯爵隱然產生了恐懼。

「你……怎麼會知道那些事？」

「所有法夫納兵都是她的眷屬，即使能感應到那些也不足為奇吧？」

尼森若無其事地答得絲毫不帶情緒。

可是，伯爵對他的話感到戰慄。因為伯爵發現了從尼森背後出現的少女身影。

純白秀髮彷彿所有色素都脫落了的少女。

年紀應該將滿十五歲，看起來卻比較年幼。由於長期沉睡，肌肉萎縮的手腳纖細瘦弱。一身哥德禮服華美得有如西洋人偶的她，模樣讓人聯想到徘徊於寂寥古城的美麗幽靈。

「布倫希爾德……原來妳醒過來了，嗚澤珠依……！」

伯爵以畏懼的目光望向少女。

少女──珠依始終不發一語，還用大眼睛冷冷地睥睨四周。

作戰指揮室裡的成員並不了解嗚澤珠依的底細。然而，任誰都藉著本能領悟到了，她是個異類。宛如可悲獵物遇上強大的捕食者，房裡的人繃緊身體屏著氣息。

「戰力不足對吧？那你大可表示感謝。她似乎願意提供助力。」

尼森以嚴肅的語氣說道。

隨後，大地受到巨大衝擊搖撼。

空間本身嘎吱作響，強烈暴風呼嘯而過。作戰指揮室的玻璃窗盡數碎散，在毀壞的窗框之外可以看見連光芒都能吞沒的漆黑空隙。

「神蝕能……【虛】……！」

伯爵發出沙啞的驚呼聲。

萊馬特日本分部的用地內被鑿出了好幾個直徑達十幾公尺的豎坑。

豎坑裡面被黑暗籠罩，內部的狀況不得而知。但是，有某種存在正從坑底陸陸續續爬出來。無視既有生物體系的眾多異形怪物，魍獸。

「你想讓這座基地變成那些魍獸的巢穴嗎？奧古斯托．尼森！」

伯爵忘了恐懼而怒斥。

魍獸的存在確實能阻擾比利士藝廊進攻吧。

然而，魍獸未必只會攻擊來自外部的入侵者。先遭殃的反而會是伯爵安排在基地內的那些部下。

「別嚷嚷，伯爵。你可是在龍的尊駕前。」

尼森傲然斷言，並且把某項東西遞到伯爵面前。酷似Ｆ劑，收藏於圓筒狀容器的藥液。

不過封存的藥液顏色並非深紅，而是幾近無色。

「這是？」

「你盼望已久的東西，與F劑那種魚目混珠的貨色不同，是真正的『龍血』。」

尼森告訴心生疑惑的伯爵。

伯爵睜大眼睛，握著藥液的手則頻頻顫抖。映於他眼裡的是歡喜之色。

「不老不死者的靈液……有了這個，我也能成為不死者嗎？」

「若你有那樣的資格。」

尼森撇清責任似的回答，白髮少女則在他身旁露出一抹微笑。

彷彿會讓所有目睹的人結凍，既美又冷酷的笑。

少女默默邁出腳步，修長的黑人男子則像一名侍奉她的忠心騎士跟隨在後。

在離開房間的前一刻，尼森朝伯爵回過頭，然後用毫無感情的嗓音警告：

「決策要快，伯爵。你已經沒時間了。」

4

最先察覺狀況有異的人，是把臉探出裝甲列車艙口的喬許。

萊馬特企業利用自衛隊駐紮地故址，於日本建造而成的分部駐紮基地。那座巨大的設施備有牢固的防衛系統，如今卻被黑煙籠罩，起火燃燒。

「這怎麼搞的啊！」

喬許仍把望遠鏡湊在臉上，口中發出困惑之語。

萊馬特基地生變的原因，即使遠遠看去也一目瞭然。是魍獸。

超過數十頭的魍獸出現在基地的用地之內，隨機展開了破壞。

「這裡就是萊馬特的日本分部？根本成了魍獸的棲息處嘛！」

「真是壯觀呢。可比二十三區……不，程度更甚。」

魏洋望著偵察無人機傳回來的影像，臉色變得嚴肅。

八尋也默默對魏洋說的話表示同意。連在二十三區住慣的八尋也是頭一次目睹魍獸密集到這種狀態，簡直像在觀測人稱魍獸來源的「冥界門」。

「地龍『史佩爾畢亞』的神蝕能【虛】……看來鳴澤珠依已經醒了。」

珞瑟已換上制服還配備武裝，如往常般面無表情地嘀咕。

「所以說……這是珠依下的手？妳是這個意思？」

藍髮少女說的話讓八尋警覺過來。

珠依得知八尋會來找自己，就將眾多魍獸解放於自己所在之處。如果是她，難保不會這麼做，這是她的歡迎之意。

「茱麗、路瑟……倖存者要怎麼對待？」

帕歐菈用缺乏抑揚頓挫的語氣問。

受基地內橫行的魍獸們攻擊，已經有許多萊馬特的員工喪命。另一方面，目前仍有許多人類正為了逃離那些魍獸而流竄。

要救助他們，還是見死不救？帕歐菈是在詢問身為上司的雙胞胎這一點。

「帕歐菈，妳就帶著班兵將投降的那些人收容到搖光星，別忘記要求繳械。魏洋，你們那班人負責守住搖光星，總之別讓魍獸靠近鐵軌。」

「了解……」

「了解，茱麗。」

要愛惜生命才行嘛——茱麗嫣然一笑，帕歐菈與魏洋則同時點頭。

裝甲列車所用的鐵軌離萊馬特的基地不到五百公尺。一旦戰鬥開始，魍獸們想必也會立刻殺來搖光星這裡。將戰力分於護衛裝甲列車雖在意料外，仍是妥當的判斷。

「那我們就擔任公主還有大小姐的隨從嘍。」

喬許一邊扛起愛用的機關槍，一邊對八尋笑道。

比利士家的雙胞胎會進入萊馬特基地攻堅，在他們幾個之間似乎已經成了不必特地說出口的既定事項。而且自己還被她們當成隨從，對此八尋有所不服。他還是覺得好像在哪裡做錯了決定而百般無奈。

「妳想怎麼辦，彩葉？」

珞瑟拋開八尋的那些不滿，望著彩葉問道。

「這是……龍的力量嗎……？八尋他妹妹，做了這樣的事情？」

彩葉望著無人偵察機的影像，茫然嘀咕。

陸續遭破壞的設施；逃竄的人們；剛出現的魍獸碰到什麼都一律攻擊，也包含跟自己同族的魍獸。

那幕景象儼然跟地獄一樣。而且珞瑟她們的說明若屬實，引發這種慘狀的正是單單一名叫鳴澤珠依的少女。

「我也要去。」

是否協助比利士藝廊——彩葉之前對這件事一直延宕未決，如今卻用毅然的語氣斷言。

「彩葉。」

八尋忍不住插嘴。在這輛裝甲列車外頭是真正的戰場。即使彩葉被稱作龍之巫女，以往她活著都與人類之間的爭戰無緣，八尋認為那不是她該見識的景象。

「有我在的話，被魍獸攻擊的人就會減少啊！」

然而彩葉當面回嘴。八尋無法反駁而陷入沉默。

彩葉用來操控魍獸的能力，八尋在未踏足地域已經目睹過好幾次。假如她的異稟在此也管用，應該可以讓基地內作亂的幾成魍獸平靜下來。

比利士藝廊目前並沒有餘裕能將她這樣的戰力閒置不用。

「我和茱麗會護衛彩葉。這樣八尋也沒有意見吧？」

「隨妳們高興。」

珞瑟的問題讓八尋慵懶地聳了聳肩。

鋼鐵製的軌道嘎吱作響，裝甲列車停下。用於運載車輛的貨車從拖曳架分離出去，兩輛輪甲車像是被吐出似的降下至地面。

運兵車開啟閘門，八尋等人也跟著跳到地面。

被黑煙籠罩的萊馬特基地已近在咫尺。

5

「——停下來。不可以喔，你們不能去那邊。」

彩葉伸出沒拿武器的雙手朝魍獸呼喚。

不知名的大型魍獸，其外貌大概可以形容成樣似獵犬（Borzoi）的鱷魚，推估級別為II的高階物種。跟野牛般的巨軀一比，彩葉的身影顯得十分無依。

然而被彩葉的視線凝望，凶猛的魍獸屈膝了。

「你不可以攻擊人。待在這裡，保護那輛列車。」

魍獸彷彿肯聽彩葉的命令，轉身換了方向。它對同類們展開威嚇，陸陸續續將其他魍獸驅離。

「猛耶，彩葉。所謂的『龍之巫女（櫛名田）』，還真的擁有神奇力量。」

持槍待命的喬許一邊讚嘆，一邊趕往彩葉那邊。

在彩葉等人的家作戰之際，喬許曾目擊彩葉乘著白色雷獸疾驅，但在眼前看她馴服魍獸則是頭一次。就算這樣，喬許也沒有對她投以畏懼的情緒，還像孩子一樣鬧哄哄地連聲稱讚厲害，表示佩服。

「我也不太清楚自己是怎麼做到的，但似乎是這樣。」

點頭的彩葉擦掉額頭上浮現的汗水。

「不過，這些孩子有點恐怖。如果不盡可能貼近，我的聲音好像就沒辦法傳達到。它們心裡相當恐懼，而且焦慮，真可憐。」

「因為它們正受到與妳同等的龍支配。」

路瑟簡潔地回答彩葉的疑問。彩葉訝異地倒抽一口氣。

待在這座基地的魍獸都是珠依由冥界門召喚而來。即使沒有直接受到她命令，召喚者的意志仍會強烈影響這些魍獸。

彩葉感受到的焦慮與恐懼，恐怕也是魍獸們對珠依抱持的感情。

「無論怎樣，能不被魍獸阻擾而向前推進就是要感激妳啊。」

茱麗純真無邪地笑著，抱住了心生動搖的彩葉為她打氣。

的確──喬許與他的部下都表示同意。多虧有彩葉將遇上的魍獸統統馴服，藝廊的戰鬥員目前並沒有折損。

反觀原本該守衛基地的萊馬特警備隊，就受到了從內部湧出的魍獸痛擊。結果八尋他們都沒有跟對方交戰就已抵達基地的建築物。

「茱麗，請妳活捉幾名萊馬特的成員。」

「用來盤問的對吧。ＯＫ，包在我身上。」

雙胞胎姊姊爽快答應後，踹破玻璃門衝進基地總部的大廳。

大廈內的保全系統仍在運作，迎擊入侵者的自動哨戒槍率先對茱麗產生反應。然而那些哨戒槍尚未狙擊到她，就全部被路瑟用突擊步槍擊毀而無力化。

利用這段期間，茱麗已將大廳內的警衛全數制伏。為了防範魍獸入侵，那些警衛都配備了滿身槍械，因此對上輕裝徒手攻堅的茱麗，也就名符其實地動不到她半根寒毛。

「喬許，將班兵分成兩路戒備四周。還有八尋——」

珞瑟一邊熟練地換步槍彈匣，一邊低聲朝八尋細語：

「麻煩你照料彩葉。」

「啥？」

什麼意思啊——八尋瞥向彩葉以後，才明白珞瑟那句話。

彩葉倦色濃厚，表情緊繃，呼吸也偏淺。

被投進戰場中央的緊張，還有強行讓眾多魍獸聽命應該也使她付出了代價。可是，有某種力量對她造成了更深的消耗。

原因恐怕就是珠依的存在。

假設這塊土地是珠依的地盤，此刻的彩葉便是踏進其中的外人。或許是龍的本能，讓她對異於本身的龍所散發的氣息產生了恐懼。

「交給你了。因為我要調查鳴澤珠依的下落。」

「喂，珞瑟——」

珞瑟單方面向八尋交代完就進入建築物當中。她打算盤問抓到的警衛以便問出情報。

將彩葉留在外頭，大概是為了不讓她看見盤問現場所做的顧慮。而且珞瑟把她推給八尋，也能避免讓八尋看見同樣的畫面。

八尋並非不了解珞瑟的用心，不過對他來說，那是給自己多添麻煩的善意。說要將彩葉交給他照顧，他也不曉得該怎麼做才好。

「呃……妳還好嗎，彩葉？」

八尋笨拙地關心疲憊地倚著裝甲車的彩葉。

彩葉有些訝異地抬起臉，勉強在唇邊擠出笑容。

「謝了，八尋。沒事啦沒事啦。不過，可以讓我稍微靠著你嗎？」

話說完，彩葉便朝八尋貼近，把頭擱到他的肩膀。

相觸的肌膚異常地燙。察覺這一點的八尋感到疑惑。

於是他才理解彩葉疲勞的真正原因。

八尋與珞瑟恐怕都誤解了。

彩葉並沒有因為恐懼而生畏。正好相反。在她的體內有股凶猛的力量正在打轉，眼看就快要失控大鬧而蠢蠢欲動。

彩葉正靠意志力壓抑，以免她體內的龍作亂——

即使如此，或許跟八尋互相接觸帶來了某種影響，彩葉寬心似的放鬆肩膀。結果他們倆就形同在戰場的正中央依偎著彼此。

「我作了夢。」

彩葉閉著眼睛，自言自語似的嘀咕。

「夢？」

「不是發生在這裡，而是在某個距離遙遠，已經不幸毀滅的世界。我夢見了自己在成為自己之前的記憶。」

「…………」

八尋默默催促她繼續說下去。彩葉在這種狀況會忽然回想起夢中的記憶，感覺不會毫無意義。

「我呢，在那個世界大概是最後一個活著的人，只能跟那個世界一起滅亡，然後龍就出現在我的面前……不對，感覺我本身就是龍……我沒有辦法說明清楚。抱歉。」

「反正夢裡的記憶都是那樣的吧。」

「啊哈哈……說得也對……」

八尋口拙的鼓勵讓彩葉無助地苦笑。

「接著，我在那場夢裡遇見了龍。自己以外的龍。總共有八個人，不對，應該說是八頭龍吧。」

彩葉在夢中見過珠依——八尋想起她之前有這麼提過。

「雖然不知道為什麼，那時候，我立刻就發現了。那幾個人，在各自的世界也都是最後一個活著的人。」

彩葉畏懼地縮起跟八尋相觸的身體。

在滅亡的世界裡倖存至最後，無與倫比的永世孤獨。八尋早就察覺到彩葉對那懷有異常的恐懼。

「龍會孕育新的世界——我想起珞瑟小姐當時有這麼說過。或許，我們是被賦予了重新來過的機會，或許我們可以重塑那個在失敗之後不幸毀滅的世界……！」

原本她的獨白像是一陣呢喃，如今卻變成了虛弱的呼喊。

「可是，既然這世界只有一個，而龍有八頭——自己以外的龍就會成為阻礙。如果還有其他人具備相同的力量，便無法塑造自己想要的世界！」

「那就是龍會互相廝殺的理由嗎？」

「我想，或許是的……」

彩葉用發抖的手臂勾住八尋的肩膀。她調適呼吸，設法繼續把話說下去。

「但是，我沒辦法接受那種事。居然要用龍的力量將這個世界摧毀，再順著自己所願來改變世界……我不想認同。」

「是嗎……」

八尋溫柔地把手擱到苦惱的彩葉頭上，就像他在已經想不起來的遙遠過去曾對年幼妹妹做過的那樣。

「那就照妳的想法吧。」

「什麼？」

八尋的回應也可以解讀成不負責任，使得彩葉發出呆愣的聲音。

然而八尋自顧自地繼續說：

「反正是夢裡頭的事，妳照自己高興去做不就好了嗎？」

「呃，或許話是這麼說沒錯啦……」

「假如有其他龍來干擾，要我在妳身邊保護妳也是可以。」

彩葉當面瞪了過來，八尋便從她眼前別開目光，粗裡粗氣地嘀咕了一句。

在他的視野一隅，彩葉瞠目到眼珠子幾乎要掉出來。

「八尋……！」

「不過，那要等——」

「等你阻止你妹妹以後，對吧。我明白。畢竟這種事到底不能放著不管……！」

彩葉咬緊嘴脣，緩緩環顧四周。

基地用地內的戰鬥正逐漸收尾。萊馬特的部分成員逃到了基地外，其餘則淪為魍獸的食物。另一方面，透過基地警衛的奮戰與裝甲列車開砲，也有許多魍獸喪生。基地的周圍屍橫遍野，血腥味撲鼻。

是珠依的惡意造成了這幕景象。

而且，彩葉對此感到自責。同樣身為龍之巫女，她沒能阻止對方——

「彩葉。」

「咦……？」

八尋粗魯地推開彩葉的肩膀。

原本彩葉整個人靠在八尋身上，因而失去平衡猛然往前倒。你這是做什麼——彩葉挑眉瞪向八尋，表情便隨之僵凝。

因為有東西衝破萊馬特基地總部的三樓窗口，縱身而下。

那道奇異身影從超過十公尺的高度跳下後安然著地。全身覆有深紅色鱗片的怪物，具備龍族特徵的人型身影。

「法夫納兵！」

「敵人自己冒出來了啊……」

彩葉嚇得瞪大眼睛，八尋則靜靜地拔出揹著的刀。

6

龍人伸出凶惡的鉤爪，直瞪著彩葉嚎叫。

在這段期間，又有新的法夫納兵陸續現出蹤影。

裹在他們身上的殘破衣物並非給戰鬥員用的制服，而是普通員工穿的西裝或襯衫碎布。

為了對抗基地內湧現的那些魍獸，萊馬特的員工們用了F劑。

在他們炯亮的雙眸裡已無人類的知性。使用F劑的並非習於作戰的戰鬥員，似乎導致這些人都喪失了理性而發狂。

「躲到我後面，彩葉！」

八尋隨手舉刀備戰。

從珞瑟那裡收下的名刀「九曜真鋼」──之前跟RMS交戰而毀壞的護手，已經在裝甲列車上用3D列印機修復了。多虧如此，具近代感的造型變得不太像日本刀，但是只要能斬敵，外觀對八尋來說根本無所謂。

「……好快！」

毫不警告就來襲的法夫納兵身手之敏捷，讓八尋不自覺地板起臉。即使跟自詡為改良型的費爾曼比，這座基地的法夫納兵仍顯得異常迅速。雖然並沒有實地測過，肌力增幅率看似也提升了。

然而，那並非F劑的性能變高所致。

一名法夫納兵出拳重毆裝甲車，使得連反器材步槍彈都能承受的裝甲嚴重凹陷。可是，反作用力造成法夫納兵的右臂四分五裂。他們沒辦法承受自己的身手，膝蓋與腳踝都在重覆骨折及再生。

「珠依搞的鬼嗎……！」

八尋察覺法夫納兵有異的原因，牙關便咬得嘎吱作響。

假如F劑的原料是珠依的血，被投藥的法夫納兵會受她影響也不奇怪。跟珠依召喚來的那些魍獸一樣，基地周圍充斥她的波動，因而增幅了法夫納兵的攻擊性。

「……嘖！」

八尋感到強烈焦躁，並且出刀深深斬開了那些法夫納兵的腿。

法夫納兵被強化以後，並不代表再生能力也有相應提升。只要對他們造成深及骨骼的傷勢，就能讓他們停止動作。但是那也代表想要不下殺手就讓他們無力化，並沒有其他手段。

殺過來的法夫納兵人數眾多，而八尋被迫以避開要害的無效率方式應戰，便逐漸陷入險境。

難道只能用不死者之血殺了他們嗎——

一瞬間，如此的迷惘浮現腦海。可是，八尋立刻拋開那種念頭。

對方本屬於非戰鬥人員，跟在二十三區襲擊八尋等人的那些傢伙不同。

將他們變成法夫納兵再令其發狂，讓八尋親下殺手——八尋察覺那就是珠依的企圖。

「八尋，你後退——！」

混戰之間，八尋信任茱麗傳來的聲音，跳到了後方。

在他眼前，有輕盈如薄絹的銀色光芒擴散開來。

光芒的真面目是一張網，使用讓人聯想到蜘蛛絲的細鋼線所編成的投網。茱麗將壓縮成手榴彈大小的那張網發射出去，裹住了成群法夫納兵。

「這是為了捕捉魍獸才研發的試製品，不過看來對他們也有效。」

從建築物回來的珞瑟以缺乏情緒的語氣淡然告訴眾人。

編織用來對付魍獸的鋼線，即使憑法夫納兵的力量也扯不破。越是掙扎反而纏得越緊，使得他們在活動上更加受限。

沒被網住的幾個法夫納兵則由藝廊的戰鬥員射穿腳使之無力化。出現在建築物中的法夫納兵似乎也已經以同樣的方式處理完畢。

「妳所謂的盤問結束了嗎？」

八尋邊放下刀邊問路瑟。

「不。現在沒那個必要了。」

話說完，路瑟視線緩緩轉了方向。

受困於網中的法夫納兵對面站著一名八尋不認識的男子。身穿高雅西裝的修長黑人男子。儘管他的外貌沉靜又具備知性，全身瀰漫的強烈威迫感卻讓八尋不禁擺架勢備戰。以往從未感受過的寒意來襲，好似要讓背脊凍結。

「急就章安排的法夫納兵，果然也就這種程度而已。原本我倒希望能誘出鳴澤八尋的神蝕能。」

喃喃自語的男子口氣溫和，嗓音卻不可思議地宏亮。

比利士藝廊的戰鬥員們同時將槍口指向他。然而，男子不顯介意，只是靜靜地望著八尋與彩葉。

「寧山大樟……統合體的代理人（Agent）怎麼會在這裡？」

茱麗難得用不悅的口吻朝男子喚道。

她提到的男子姓名——發音方式讓八尋感到有些不對勁。

「寧山？」

「——在我出生前，父母就已經歸化了。別看我外表這樣，國籍上可是不折不扣的日本人。前提是名為日本的國家還存在。」
姓氏與尼森同音的男子意外大方地為八尋解答疑問。
八尋對他說的話有些訝異。
照尼森的容貌，要謊稱本身國籍活下去理應不難。然而經過大殺戮的慘劇，他還是公然自稱日本人。八尋一方面對此產生敬意，卻也無法不懷疑他是否別有居心。
「請問，統合體是從什麼時候開始偏袒特定企業的呢？」
珞瑟加重語氣指責尼森。與其說顯露憤怒，態度更像一名公正地詰問對方犯規的裁判。
「統合體並沒有與妳們敵對的事實。有意利用萊馬特的不是我們，而是她的意思。」
尼森把視線轉向身旁。
直到這時候，八尋等人才首度注意到有個少女在那裡。
與血腥的戰場並不搭調，少女穿著一身華麗的哥德禮服。
彷彿色素脫落的白髮與白淨肌膚，唯獨嘴脣像抹了胭脂般鮮紅。手腳纖弱到病態的地步。或許是因為如此，她身上瀰漫著有如妖精的非現實氣息。
大眼睛周圍有長長的睫毛，像湖面一樣平靜而未映出任何情緒。
「大樟哥哥只是以護衛的身分陪著使性子的我而已。因為我無論如何都想跟各位問候一聲——」

少女提起禮服的裙襬，起舞似的優雅行了禮。

八尋瞪向少女，握刀的手忍不住發抖。

「珠……依……！」

喉嚨深處發出了讓八尋覺得不像自己嗓音的野獸般吼聲。

少女回望這樣的八尋，愉悅似的瞇了眼睛。

「日安，哥哥。太好了，你依然活著。」

鳴澤珠依用銀鈴般的嗓音優美地笑了笑──彷彿要讓觀者心神蕩漾的嬌憐笑容。

「或者說，你只是死不了呢？跟四年前一樣──」

「珠依──────！」

八尋的殺意只能克制到這一刻。怒氣畢露的他蹬地衝去，散發幽光的刀隨著手臂高舉。呼應八尋狂怒的情緒，龜裂的深紅鎧甲包覆了他的全身。感覺那也像滴在八尋身軀表層的無形龍血忽然間浮現了形影。

鎧甲出現的同時，八尋的體能也跟著飆升。將肉體損傷置之度外，讓人類潛能得以完全發揮的狀態。連身經百戰的喬許及其他戰鬥員都被八尋脫胎換骨的模樣嚇著了。

可是，珠依迎面承受八尋這樣的殺氣，仍優雅地露出美豔的微笑。

尼森隨即來到八尋面前，以修長體格掩蔽珠依的身影。八尋皺起臉，因為尼森的左臂跟八尋的身體一樣，被金屬光澤的結晶包裹住。
「什麼！」
八尋迅揮而過的這一刀被尼森徒手擋下。
在尼森面前形成了一道厚牆般的隱形護盾。八尋遭受到好似將本身攻擊威力直接回彈的衝擊，因而被震得往後飛了出去。
「就這點能耐嗎，【焔】……不對，你尚未將神蝕能發揮至極致？」
尼森面無表情地望著八尋踉蹌著地，並且淡然嘀咕。冷靜口吻有如在守候稀奇物理現象的觀察者。
「那副模樣……你是……」
尼森的左臂被色澤跟珠依頭髮一樣的純白外殼裹覆，使得八尋瞪著他發出驚呼。
「若你認為不死者僅己一人，那就是名為傲慢的不道德了，鳴澤八尋。」
尼森用無形護壁重叩打算再次進攻的八尋。
裹覆八尋全身的鎧甲頓時碎裂，鮮血飛濺而出。八尋滾到地上，暴露出無防備的模樣。
然而，尼森沒有進一步攻擊。他的目的只在護衛珠依，之前他說沒有敵對之意，並非虛言。
話雖如此，八尋等人不會就這麼干休。

「喬許！」

「噢！」

喬許對茱麗的尖銳呼聲做出反應，比利士藝廊的戰鬥員們就同時扣下了槍枝扳機。對付魍獸的大口徑彈藥以全自動模式射出，殺向毫無防備地站著的珠依。但那些都被尼森用無形護壁當著她眼前悉數攔下。

「搞啥啊。他那是怎麼防禦的，大小姐？要用榴彈槍轟嗎？」

「那樣沒用，喬許。用戰車砲也打不破那層防禦，因為那是用於封閉冥界門的權柄『千引岩』——神蝕能【虛】的應用招式。」

珞瑟回答喬許的疑問。

「啥……原來那是神蝕能嗎！比傳聞中還扯！」

射完輕機槍子彈的喬許聳了聳肩，像在表示投降。

於日本神話當中，千引岩據說曾被伊邪那岐神用來堵住通往冥界的黃泉比良坂——尼森的護壁正是冠上其名，形成了堅固的結界將珠依與外界隔離。

自己殺不了眼前的她。如此的事實讓八尋產生了足以導致眼花的憤怒與焦躁。彷彿在嘲笑八尋，珠依將細細的指頭指向地面。

大地隨即嘎吱作響。

八尋等人腳下的地面如蜃景般搖曳，然後轉變成異質的存在。

那是座巨大的豎坑，填滿豎坑的則是完全不會反射光芒的漆黑湖水。

精確來講，與其稱為水，給人的印象更接近於魍獸體內流動的瘴氣。

不存在於這個世界的物質，具現成形的虛無本身。八尋等人慌忙從灌滿那種物質的豎坑——從新的冥界門上頭退開。

之前被鋼線網困住的那些法夫納兵則是伴隨著哀號被豎坑吞沒。

彷彿與他們互換位置，漆黑湖面有兩頭魍獸出現了。那分別是體高超出兩公尺的雙頭巨犬，以及軀體近似野牛的翼龍。

「八尋！彩葉麻煩你照顧！」

茱麗一邊呼喚八尋，一邊衝到兩頭魍獸跟前。她所裝備的手套前端吐出銀色鋼絲。茱麗就像新體操選手那樣，自在操控著乘風飄舞的鋼絲，將牛頭翼龍捆住束縛其行動。

在這段期間，珞瑟將武裝換成了裝甲車上積載的反器材步槍。

她捧著跟自己身高一般長的大型狙擊槍匍匐於地，用子彈精準射向被姊姊制住行動的魍獸額頭。

「唔喔喔喔喔喔喔喔喔！」

另一方面，雙頭犬則遭到喬許與他的那些部下用集中砲火壓制。面對腳邊突然出現的兩頭猛獸，應該可以說他們採取了最佳的手段來因應。

然而，吐出兩頭魍獸的豎坑並沒有就此闔起它那殘忍的下顎。起初的兩頭魍獸尚未被完全無力化，就有好幾頭新的魍獸一舉出現。

它們被珠依召喚出來後，針對的目標便是毫無防備杵著不動的彩葉。

「彩葉……！」

八尋懊惱得咬牙切齒，並背對眼前的尼森。他放棄攻擊珠依，拚命趕回被魍獸盯上的彩葉那邊。

珠依望著八尋的身影，看似無趣地瞇起眼。

但是在下個瞬間，她訝異似的挑了眉。

因為原本正要撲向彩葉的魍獸們忽然停住動作，當場屈膝跪下。

「八尋的妹妹，請妳住手！」

彩葉率領著變得像家臣一樣聽話的那些魍獸，朝珠依逐步靠近。

「為什麼要做這種事！妳把魍獸召喚出來，還讓它們摧毀世界——！」

彩葉拚命訴說，而珠依一語不發地凝視著她。

與其說是被勾起興趣，她的表情更像在端詳一隻來路不明的蟲。

接著，珠依在胸前「啪」地雙手合十，並且嘻嘻笑出聲音。

「啊……剛才我還想，好像在哪裡看過妳的臉。妳就是那個網路直播主嘛，叫什麼來著呢？日本五十音？不對，妳是叫和音對吧？」

「妳知道和音？」

彩葉不知所措地眨起眼。她沒有想到在槍彈來回飛舞的這種狀況下，話題居然會帶到自己的直播影片。

珠依見狀，表情就變得更覺有趣。

「我可以回答妳，關於剛才的問題。是妳的話，應該就能理解吧？當妳開台做那些無聊的直播時，有沒有觀眾對妳發送懷著惡意的留言？」

「咦……？」

珠依的質疑令人意外，讓彩葉疑惑地停下腳步。

接著，珠依又露出聖女般的純真微笑繼續說道：

「踐踏別人重視的事物很開心呢。對自以為待在安全處的那些人投以惡意，就可以弄得他們滿身晦氣。好比和平，好比自由，好比愛情，好比善意，我會讓所有人都深切體會，那些東西根本一點用處都沒有。」

穿哥德禮服的白髮少女陶醉得瞇細眼睛。

「妳是在……說些什麼……？」

彩葉茫然回望珠依。

住口——八尋在內心如此嘀咕。他不該讓彩葉跟珠依繼續對話，珠依說出來的話不能讓彩葉聽進去。

然而即使明白這一點，八尋仍無法出聲。

尼森從背後釋出的殺氣正束縛著八尋全身。只要八尋一分神，他就會立刻向八尋發動攻擊。

尼森的目的在於讓珠依自由行動——

此刻的他希望兩名龍之巫女能夠對話。

「當大殺戮開始時，有誰幫過日本人？有多少人懷疑過或許自己的領導者是錯的？」

珠依對沉默的彩葉提問。

「哪裡都找不到那樣的人。大家都相信自己才是正義，還鄙視、傷害毫無罪過的日本人，將一切破壞破壞再破壞，直到無可挽救為止！」

「那就是……妳引發大殺戮的理由？為了證明那一點……？」

彩葉臉色蒼白地瞪向珠依。

被珠依召喚出來的那些魍獸，內心都深植著對人類的攻擊性及敵意。假如那對人類也能造成相同的影響，後果會是如何？舉例來說，要是能將針對日本人的殺意深植於所有目睹巨龍身影的人類心中——
大殺戮，正是問題的解答。
單單一名少女的惡意就殺遍了一個國家的人類。
「得知自己的正義有錯以後，不曉得那些人會讓我聽見什麼樣的藉口，是會反省自己隨波逐流助長虐殺？還是懺悔？或是掩飾事實當成什麼都沒發生過？或者惱羞成怒呢？但是，我不許他們那麼做。畢竟我們可是非常非常可憐的被害者。」
珠依放聲笑了出來。
絲毫感受不到瘋狂的優美笑聲。正因為如此，她的聲音才扭曲得駭人。
「接下來是復仇的時刻。我要讓全世界的人了解自取滅亡的恐怖。」
「我不會讓妳那麼做……！」
珠依的大笑被彩葉的吼聲打斷。
下個瞬間，青白色閃光沁入八尋的視野。
熱風撲面而來。從地底噴湧直上的高溫火焰有如熔岩，在彩葉的身邊打轉。
那火焰變成了好幾道火柱，聳立而起的高度更勝萊馬特的基地總部。
火柱隨即化為灼熱的閃光，從上空殺向地表。
炎之洪流湧向珠依鑿開的豎坑。漆黑湖水被瞬間焚滅，充斥虛無的豎坑逐漸燃燒殆盡。

八尋茫然望著那幕景象，茱麗與珞瑟則有些笑逐顏開。

尼森表情不變，眼裡卻顯得有幾分滿足。

「我的『窕』被淨化了……？」

珠依詫異地眨眼。

如今，彩葉的火焰仍在地表燃燒，珠依鑿出的空洞卻消失得不留痕跡。因為由珠依引發的異象遭覆蓋而消失了。

「是嗎……那就是『火』之權柄……呵呵，果然沒錯，妳這個人似乎有意思。」

珠依望著力竭般倒下的彩葉，笑了出來。

那是有別於之前空虛的微笑，與年齡相符的純真笑容。那模樣讓人聯想到發現對等玩伴的孩童。

珠依身邊被異樣的氣息包圍後，八尋立刻擺了架勢防範。

為了引發新的異象，珠依悄悄伸出左手。

然而，尼森溫和地拉住她的手臂。

「時間到了，珠依。」

「……他們已經來了嗎？」

珠依鬧脾氣似的噘起嘴脣。

尼森一語不發地點頭，然後將視線微微朝上。

「這個聲音……！是直升機嗎！」

從頭頂傳來的轟鳴聲讓喬許警覺地抬起臉。

灰色軍用直升機降落到現場。八尋發現那是尼森為了讓珠依逃脫才叫來的。

「搖光星！將直升機打下來！」

茱麗朝無線電叫道。

從待命於鐵路的裝甲列車到直升機，距離不滿一公里。機關砲能輕鬆將其納入射程範圍內。然而從裝甲列車發射的砲彈卻像是受到無形障壁阻擋，全部在命中直升機的前一刻被彈開。

「這就是神蝕能，鳴澤八尋。將生者無從駕馭的龍之權柄搶到手，並藉此弒龍——我等不死者的職責便是如此。」

你可要記在心裡——尼森這麼告訴八尋。

軍用直升機受無形障壁保護，公然貼地降落。裝甲列車怕會波及己方，因而停下了砲擊。珞瑟開槍狙擊珠依而非直升機，也一樣被尼森造出的新障壁攔阻。

尼森只用右臂就輕而易舉地抱起珠依的纖瘦身體，然後跨上直升機的升降梯。

「珠依！」

八尋舉刀瞪向妹妹。

他用心領會，領會打倒費爾曼時的手感。

彩葉用火焰淨化了珠依造出的冥界門，八尋只要故技重施就好。假如那一道障壁是尼森的神蝕能，八尋以神蝕能發招應該就能相互抵銷。

然而，即使明白這一點，八尋仍無法出手。狀況跟他為了保護彩葉，不顧一切對付ＲＭＳ時不同。八尋不明白要怎麼做才可以發動神蝕能。

「不行喲，哥哥。太纏人的話，你寶貴的同伴會被殺喔。」

珠依搭上直升機後笑了笑，彷彿早就看透八尋的焦慮。

在直升機引擎撒落的轟鳴聲底下，她口中的話語格外清晰地傳進八尋耳裡。

珠依滿意地望著動搖的八尋，然後把視線轉向彩葉。

「到下次見面之前，妳可不要死在其他龍手上嘍，和音。」

掰掰——珠依用脣語道別。

接走她與尼森的直升機開始猛然上升。

八尋一邊感受挫敗一邊目送飛離的機體。

四年來一直追尋的妹妹，原本已經來到伸手可及的距離。明明如此，他卻沒能置她於死地。之後，這應該會讓珠依奪走更多人命吧。

宛如本來應該囚禁了她，卻淪為犧牲品的萊馬特日本分部——

八尋被無處發洩的憤怒與乏力感折磨，緩緩放下刀。

隨後，八尋背後傳來了茱麗的尖叫聲，還有新的槍響。

7

你寶貴的同伴會被殺喔——

八尋的腦海裡浮現了珠依最後留下的那句話。

受焦躁催促的八尋回過頭，就因目睹的景象而失去言語。

混沌正從萊馬特基地總部的大廳湧出。

那既不是魍獸，也不是法夫納兵，而是分量相當於整座小學泳池，還會自行移動的一坨腐肉。八尋目睹的怪物模樣便是如此。

「哇啊啊，好噁心！喬許，你想想辦法！」

「不行啦，公主！無論再怎麼開火，這傢伙根本都不怕！」

東躲西逃的茱麗向喬許哭訴，使他帶著班兵以輕機槍展開掃射。

然而從大廈冒出來的巨大腐肉對直擊的子彈不以為意。眾人連它是否有痛覺都無法判斷。從腐肉中反而吐出了柔韌如長鞭的觸手，還冷不防地纏住了喬許的腿。

「唔喔！」

腿被難以置信的力道猛拖，使得喬許跌倒。儘管他立刻還擊，靠槍械並無法攔阻腐肉的行動。

「喬許！」

八尋衝到腐肉跟前，用日本刀奮力斬斷抓住喬許的觸手。喬許在被腐肉納入體內的前一刻從觸手下獲得解放，就在地面上邊打滾邊鬼叫起來。

「被你救了一命，八尋。」

喬許踹開纏在腿上的觸手碎肉，還露出吃不消的臉色。八尋斬向仍有眷戀而伸來的觸手，並且帶喬許後退。

「這鬼東西到底是什麼？」

「誰知道。它突然從建築物裡冒出來，有幾名萊馬特的員工都被吞進去了。」

「被它吞進去……？」

八尋戰慄地反問。

不久怪物就完全脫離大廳，揭露了本身醜陋的全貌。

難以置信的是，那坨腐肉有人的外型。

肥胖臃腫到必須貼著地爬行，身高達十公尺的「無面妖怪」——這便是怪物的真身。

除此之外，怪物表面還殘留著各種生物的形跡。

野獸的四肢；蝙蝠翅膀；以呆滯目光凝望半空的人類頭顱。這些都深陷於成團腐肉中，不規則地持續蠢動著。彷彿冒瀆了世上萬般生命的可怖光景。

「它把那些魍獸納入體內了……」

仍倒在地上的彩葉用發抖的聲音嘀咕。

怪物正朝這樣的彩葉節節逼近。與其說是本能上受到吸引，感覺更像帶著明確意志的行動。即使淪為一坨腐肉，那個怪物依然保有想得到彩葉的執著。

「那也是珠依搞的鬼？」

八尋向為了保護彩葉而趕回來的雙胞胎姊妹問道。

茱麗板起臉搖搖頭。

「不。那是人類，未能成為不死者的人類。」

「……人類？那東西是人類？」

「斗膽淋了龍族『靈液』想取得不死之軀的人類，就會落得那種下場。我有說錯嗎，伯爵？」

珞瑟的最後一句話是對那坨腐肉說的。

彷彿為了回答她，怪物的巨大頭部浮現出臉孔。霎時間，八尋湧上一股強烈的反胃感，因為他認得從腐肉現形的那張臉原本歸誰所有。

『錯啦～～～比利士～～～小姐～～！還有～～比利士藝廊～～～的各位～～ＣＩＡＯ～～～～！』

怪物以雷聲般的大嗓門吼道。

那是伯爵的聲音。

萊馬特國際企業的會長耶克托爾．萊馬特——他的肉體正是怪物的真身，不停增殖的腐肉核心。

「妳說……他想成為不死者……？」

焦躁的情緒猛然襲上八尋心頭。

以現象來說，那應該與過度投入Ｆ劑而失控的法夫納兵相同。然而伯爵淋到的龍族「靈液」效力遠比Ｆ劑強大，強到不停增殖的肉體仍可續命存活。

同時，那也顯示了靠八尋的血不能打倒他的事實。

換成魍獸或法夫納兵，就會承受不了龍血的反作用力而自滅。然而伯爵的肉體早已失控，處於「不停自滅續命的循環狀態」。

他淋了純度更高的龍血，八尋的血恐怕就不管用。因為伯爵同樣成了不死者，只是他無法保有人型而已——

『正是！正是！正是～～～～！心情多麼舒暢啊～～～～……我獲得了～～……不死的肉體～～～～！』

曾是伯爵的怪物歡喜地抖動全身的腐肉。

『看～～我這股力量～～～～！如今連那些魍獸～～～～都不過是我的食物～～！更不用畏懼衰老、疾病以及死亡～～～～壓倒性的力量～～！這就是力量～～～～！』

從伯爵的肉體伸出了觸手，凡是會動的生物皆會遭受其攻擊。

為了維持不停增殖的肉體，他非得貪婪地持續吞噬萬物，捕食的對象不管是人類或魍獸都照單全收。結果出現在基地用地內的那些魍獸，絕大多數都會被伯爵收拾。

「我真想直接擱下那傢伙開溜耶。」

茱麗用敷衍的語氣說道。

八尋認為那是不錯的想法。在日本人已經滅絕的現在，這座基地的周圍盡是廢墟。就算直接擱下伯爵不管，也不會造成民眾犧牲。

而且作為捕食對象的生物數量既然有限，就算伯爵是不死者，也無法讓不停增殖的肉體維持生命功能。只要將其擱置，伯爵遲早會自滅。照理說，比利士藝廊並沒有必要冒著生命危險將他處分。

然而，珞瑟語帶嘆息地否定了八尋的想法。

「那樣的話，鳴澤珠依留在這座基地的痕跡就會遭到伯爵吞噬。」

「珠依的痕跡……？」

「她在這裡參與過的實驗數據，她會逃去哪裡的線索，這些可都會全部喪失。」

即使這樣也無所謂嗎？藍髮少女朝八尋問道。

「珠依他們就是算到這一點，才將伯爵變成那種怪物嗎……！」

八尋低聲咕噥。妹妹深不見底的惡意讓他眼花。為了追查珠依的下落，非得殺了那個怪物，避戰就會失去追查她的線索。不論怎樣都能折磨到八尋等人，局面就是由她利用伯爵內心的欲望安排成這樣的。

『放心吧～～～～！我會公平地對待你們～～！吞噬後，再予以褻瀆～～～～！』

從伯爵肉體吐出的觸手數量隨之增加。他持續增殖的肉體有一部分湧進基地總部的大廈內。伯爵打算將躲在大廈裡的萊馬特員工當成食物納入體內。照這樣下去將如同珞瑟的預言，珠依在這裡的痕跡會完全被伯爵抹去。

「怎麼辦才好？」

八尋迎戰來襲的觸手，還抓準空檔回頭詢問雙胞胎姊妹。

伯爵的全長已經超過十五公尺，而且仍在持續巨大化，基地被他整個吞下只是時間問題。現在沒有餘裕讓人悠哉地擬定策略。

「八尋，請你幫忙殺了他。」

珞瑟望著八尋說道。她的提議簡潔過頭，讓八尋感到疑惑。

「由我？難道不讓彩葉動手？」

「若是動用龍之力，會把龍喚來現世。最糟的情況下，將重蹈大殺戮的覆轍。」

珞瑟的指正讓八尋沉默。

他的腦海裡浮現了四年前目睹的巨龍身影。身為龍之巫女的彩葉要動用龍之力，與直接把龍喚來現世是同一回事。而且召喚出來的龍並沒有任何保證會服從彩葉。身為祭品的彩葉被龍吞噬人格後，將無止盡地釋出其力量。八尋可以輕易想像這樣的未來。

「但是，假如伯爵真的成了不死者，只要還留著一塊肉片，就會再度重生。要消滅那個怪物，我只能想到將其一舉燒光的做法。我沒那種能耐。」

「不用全部燒光啊。」

八尋冷靜地分析自己的能力，茱麗便對他拋出不負責任的話語。

「說穿了，只要摧毀伯爵的靈魂，將代表其存在的核心破壞掉就可以嘍。」

「那妳提到的靈魂，又是在什麼部位？」

「我怎麼可能曉得呢。同樣身為不死者，你應該會知道吧？」

茱麗虛浮的建議太過憑感覺，讓八尋砸嘴抱怨沒用處。

即使如此，八尋的內心某處仍有所掛懷。假設不死者的肉體在切成零碎的狀態也能復活，那再生的核心會在什麼位置？

腦嗎？還是心臟？或者說，真有所謂的靈魂存在嗎——

「你覺得靠彩葉的力量能消滅伯爵？」

珞瑟用與現場不搭調的沉著嗓音問八尋。

「對、對啊……是那樣沒錯吧？」

彩葉用火焰淨化了珠依的冥界門，靠那種力量肯定也能焚盡現在的伯爵。以龍血創造的怪物，可以用同樣來自龍的力量殺死。

「倘若如此，你也能辦到一樣的事。因為龍之巫女可以將自己的權柄——弒龍者的神蝕能賜予英雄。」

珞瑟毫不猶豫地斷言。

被選來獻祭給龍的女孩能賦予弒龍者誅討龍的力量。那是在神話被反覆提及的中心思想。據說利比亞公主扔出了自己的腰帶制止惡龍行動，櫛名田比賣則是將自己變成了梳子伴著須佐之男一同作戰。

當然，那是神話中發生的事蹟，童話故事的情節。然而在龍實際存在，還有不死者蠢動的世界裡，童話故事與現實又有多大差異？八尋如此心想。

「為什麼會選上我？即使要賦予能力，總有更適合當英雄的人吧？」

「很遺憾，那不可能。畢竟龍出借神蝕能的對象僅限——」

珞瑟說到這就把話打住，並且踮腳把嘴唇湊向八尋的臉頰。

她在八尋耳邊用呢喃似的細微音量短短告知：

「————————的人而已。」

「咦……？」

八尋茫然地瞠目。

平時珞瑟是那麼缺乏表情，此刻卻揚起嘴角露出小惡魔般的微笑。

八尋瞪著她，眼裡浮現的是憤慨與羞恥，還有認命與理解之色。

事到如今，八尋就明白一切都是經過細膩籌劃並加以利用的。而且，自己也在不知不覺中被拉進了那邪惡的企圖裡頭。

「原來是這麼回事……妳們從一開始就打著那種主意……」

「我反倒希望得到你的感謝就是了，有怨言的話，之後你愛怎麼傾訴我都願意聽。不過，你應該懂吧，八尋？彩葉並沒有罪過喔。」

「我說啊——妳們肯定會下地獄。」

八尋氣憤地擠出詛咒之語。茱麗像惡作劇穿幫的小孩吐了吐舌，反觀珞瑟則是莫名其妙地露出喜色。

「那麼，我們會去的地方跟你一樣呢。」

「少囉嗦！」

「八尋，怎麼了嗎？你們沒事吧？現在不是吵架的時候啦，都這種時候了！」

搖搖晃晃地站起來的彩葉似乎不忍看八尋與珞瑟起口角，就急忙闖進他們之間。八尋則帶著複雜的表情回望了她的臉。

「怎、怎樣？」

「什麼事都沒有，所以妳離遠一點。那頭怪物，我絕對會設法解決。」

「啊……好、好的。我知道了。」

彩葉懾於八尋的氣勢，因而反射性地點了頭。

我相信你——彩葉無言中如此訴說的眼神讓人產生罪惡感，八尋便從她面前轉開視線。

接著，八尋又重新面對伯爵。

精確來說，是面對以往被稱作伯爵的怪物——

†

與巨大笨重的外表正好相反，耶克托爾・萊馬特伯爵的思緒從未像這樣清晰明瞭。衰老的肉體充滿氣力，對死亡的恐懼已成為遙遠過往。

如今，壓倒性的全能感以及對進化的渴望正支配著伯爵。

自古以來，有一種傳奇故事與弒龍英雄譚同樣熱門，抑或更具人氣。

那就是由人化為龍的故事。

死於英雄齊格飛之手的巨龍法夫納，據說也是為了守護受詛咒的黃金，才會由原本的人類之身變化成龍（Wyrm）。

伯爵體會到自己正逐漸趨近於跟他們相同的存在。

目前他勉強還保有人類的外型。即使將數頭魍獸納入體內，身軀已經巨大得足以吞沒裝甲車，伯爵的輪廓終究屬於人類。

但既然引發變化的是龍族靈液，伯爵的肉體遲早會趨近於龍才對。細胞異常增殖是預備階段，不過是青蟲化蝶前的狀態罷了。

失去人類的樣貌感覺並不可嘆。

以往伯爵用死亡商人的身分度過漫長人生，獲得了充分的財富與權力。他自覺已經享遍以人類樣貌所能獲得的喜悅。況且比起追求快樂，伯爵內心更期望在戰勝對死亡的恐懼之際，可以變成超越人類的存在。

於是伯爵得到了這副肉體。

得到超越生命極限的龍之肉體。

他對只會帶來破壞的神蝕能並無興趣。

伯爵所求的只有龍之「器皿」——巫女獻祭後喚來的龍族靈液而已。

然而實際獲得靈液，開始變化成龍以後，伯爵卻回想起來。弒龍者。他想起有群人能弒殺理應長生不死的龍——

還不夠，自己目前並非真正的不死者。

非得取得神蝕能才行，取得龍應當守護的財寶。

當伯爵察覺這一點的瞬間，視野角落就竄出了閃光。

本身肉體遭到燒灼的劇痛——理應遺忘的死亡恐懼讓怪物開口大吼。

†

「喝啊啊啊啊啊啊！根本沒用嘛——！」

八尋揮下散發緋紅光芒的刀，吐出憤怒之語。

理應長生不死的不死者肉體感受到劇痛，正在對可預期的生命危機叫苦。那是深紅火焰環繞在八尋全身帶來的影響。

伯爵的巨軀不停地醜陋蠕動著，上頭還留有像是用高溫噴槍烙下的深深傷痕。那是比利士家雙胞胎替八尋取名為【焰】的神蝕能所留下的痕跡。

神蝕能使出來了。可是，威力不夠。伯爵那所謂靈魂的位置也不得而知。

何況反作用比預料中還難受。對不死者來說，向龍借來的權柄似乎受不起。僅用了一次，八尋的肉體便在哀號，他不認為自己還能多用幾次與這相同的力量。

『神蝕能！神蝕能！神蝕能～～！把那交出來～～！那是應該歸我的力量～～～～！』

伯爵受創的巨軀打轉，一邊朝八尋逼近。

「——唔！」

八尋想閃避對方吐出的眾多觸手，雙腿就不支跪下了。

居然在這種時候——八尋暗罵。死眠，行使神蝕能的反作用。全身急遽無力，他躲不掉伯爵的攻勢。

「休想——！」

喬許等人舉槍開火，接連將觸手打斷。茱麗以鋼線束縛腐肉的行動，珞瑟則是用反器材步槍在伯爵臉上開了無數的孔。

任誰都明白那些攻擊不過是一時的拖延手段。

伯爵將八尋吞進去前的一瞬。他們那麼做只是令其延後短短幾秒。

緊接著，在這幾秒間發生的狀況讓八尋陷入了恐慌。因為彩葉手無寸鐵地趕來，並且巴著他不放。

「八尋！」

「彩葉？妳搞什麼，在這種時候還——！」

八尋硬是鼓舞即將力竭的肉體，想將彩葉推開。

而彩葉探頭望了八尋的眼睛，露出莫名堅強的笑容說：

「回想起來，我們在那時候的事情！」

「唔……！」

霎時間，八尋的記憶隨之復甦。

在好似燃燒著的拂曉天空下，他初次使用神蝕能的記憶。當時八尋看見了彩葉捧著的炎之劍幻影，還從她那邊接到了手裡。

那時候，彩葉也是緊靠著八尋，肌膚與肌膚相互貼在一起——

「沒事的！有我，陪著你，八尋！」

彩葉的話彷彿為八尋扣下了扳機，使他全身充滿力量。

死眠帶來的倦怠感雲消霧散，足以烤焦身體的龐大熱能滿盈湧出。

隨後，伯爵的巨軀如雪崩般撲來，吞沒了八尋與彩葉。

為了與八尋他們融合，進而吸收神蝕能，腐肉洪流與凶猛的欲望糾纏而來。不過，八尋要的正是這樣。

既然不知道伯爵的靈魂位於何處，讓對方主動靠近就行了。

既然對方希望相互融合並且化為一體，伯爵到最後便只能親自過來跟八尋接觸。沿著那原形畢露的欲望逆推回去，就能抵達伯爵的「靈魂」。

「燒光這一切，【焰】——」

八尋手握炎劍，將周圍湧來的腐肉連同被欲望玷汙的靈魂一刀兩斷。

未能成龍的肉體迸裂炸開，然後被淨化之焰籠罩。

飛濺的腐肉色如乾鮭，在瘴氣包圍下逐步崩解。

趕工完成的刀柄裂開後，隨即散成碎片。

持續不斷的槍響終於停止，短暫的寂靜降臨於基地用地之內。

八尋一邊摟住差點乏力倒地的彩葉，一邊默默仰望了天空。

載走珠依的直升機已經消失蹤影，連他們飛往何方都不清楚。

天空被餘焰照亮，一片火紅。日落的時刻近了。

風吹拂而過，彩葉的頭髮搖曳生姿。

遙遠的某處傳來蟬鳴聲。

由西方地平線湧現的夏雲乘著風緩緩流過。

天上不見龍影。

目前還無法看見。

終幕 Epilogue

在枯山水意境的日式庭園裡，蟬聲唧唧鳴放。

涼風吹過廣闊的竹林，從敞開的紙門溜進來搖響風鈴。

木造民宅讓人想到歷史悠久的寺院。鋪設木質地板的大廳中間，奧古斯托・尼森跪坐著。儘管室內連蒲團都沒準備，他的背脊還是直挺不動，而且端跪的姿勢完美得無懈可擊。

正面的垂簾不久便被捲起，有一名女子出現。

她穿的長袴豪華和服讓人想起平安時期的裝扮，黑色秀髮長度及腰。

點綴於上衣的紋章是象徵天帝家的金翅鳥。

年齡才過二十歲左右，雖有一副英氣凜然的美貌，表情卻溫婉柔和，帶著如貓咪般喜歡惡作劇的氣質。

「讓你久等了嗎，奧古斯托？」

面對跪著深深行禮的尼森，女子親暱地喚了他的名字。好似鳥兒啼叫的嬌憐嗓音。

「不，約好的正是這個時間，迦樓羅大人。」

尼森依舊低著頭，回答的語氣索然無味。

被稱作迦樓羅的女子大概是對此不滿，還鬧脾氣似的嘛起嘴脣。

「要喝些什麼嗎？我這裡倒是有好茶。」

「不勝感激，但我心領了。」

「我也有準備點心喔，剛從妙翅院本家送來的。」

「心領了。」

迦樓羅仍繼續用親切的態度對待尼森，尼森卻不改見外的禮數。最後迦樓羅認輸般嘆了氣，並且收斂嘴角。

「——報告狀況吧，尼森卿。」

迦樓羅換了與先前截然不同的語氣，威嚴十足地告訴對方。

尼森面無表情地點頭，然後抬起臉。

「潛伏於二十三區的『火龍』已受到比利士藝廊保護，比利士本家那裡遲早也會聯絡統合體才是。」

「比利士藝廊……」

迦樓羅像是被勾起興趣，動了動眉毛。

「說來並不至於令人意外呢。」

「畢竟比利士家是古老的鍊金術師家族，想必很熟悉該怎麼伺候龍。」

彷彿事先就想好該怎麼接話，尼森對答如流。

龍與黃金淵源深厚，鍊金術師自然也與龍脫不了關係。作為鍊金術重要象徵符號的銜尾蛇，亦可看成吞了自己尾巴而呈現環狀的龍；而被奉為鍊金術始祖之神的墨丘利，也是以三頭龍作為本身象徵。

「我明白了，那對人偶應該會善加處理吧。但是，請不要放緩對她們的監視。」

迦樓羅藏起內心對比利士家雙胞胎的一絲羨慕，並做出回應。同樣被當成籠中鳥扶養長大，她們卻能任意行動，讓迦樓羅感到憧憬。

「我們所留的伴手禮，她們似乎也別無窒礙地處分掉了。」

「萊馬特伯爵……令人同情的一位人士。我可多次警告過他，過分追求力量將會招致毀滅。」

迦樓羅憐憫似的對伯爵喪命一事垂下了目光。

賦予靈液的耶克托爾·萊馬特是何下場，已經有其他探員提出了報告。伯爵在化為不完美的偽龍以後，被「火龍」的神蝕能【焰】焚滅了。

既然龍的毒性會將盤踞於人類心底的欲望引誘出來，渴望不死的伯爵會化為偽龍，從某方面來說便是理所當然的歸結。預料到這一點而把靈液交給他的鳴澤珠依，應該也對如此的結果感到滿足。

「採得F劑的數據了吧？」

「是。回收到的數據公開於財團的記憶庫（Archive）。畢竟機密等級要是設得太高，難保不會招來無謂的臆測。」

「那無妨。只要知道法夫納兵無法取代不死者，那些貪婪的軍人應該就會信服。」

迦樓羅滿意地微笑。

尼森的目標並不是將法夫納兵實用化。他的目的正好相反。證明法夫納兵作為兵器不堪使用——而且還是遠遠不及不死者的失敗品，就是他被交付的任務。

透過鳴澤八尋的效勞，他的目的達成了。短期內，應該沒有任何勢力會隨便拿龍血做軍事方面的利用。因為單單一名不死者少年，就輕易讓中隊規模的法夫納兵部隊潰滅了。

「由於『火龍』出現，盤面上的棋子變成六顆——剩『天』與『雷』尚無蹤跡嗎？感覺性急的派系差不多會有動作了。」

迦樓羅的眼裡蘊藏冷冽寒光。

大殺戮後過了四年，有六名龍之巫女的底細已經揭曉。

然而這個國家不需要多達六頭的龍。龍是非殺不可的存在。

透過弒龍英雄之手。

「還有額外的事情要向您報告。」

間隔好似迷惘的短暫沉默，尼森才說道。

「我准許你。繼續說。」

迦樓羅用慣於命令他人的態度催他說下去。

尼森點頭，然後緩緩開口。

「『地龍』——看來果然正在衰退。週期不定的長眠至今仍在持續，其間隔則是逐漸提高頻率，恐怕已無法期待四年前那般的力量。」

「知道其中原因嗎？」

「這是我毫無根據的臆測，然而，或許與鳴澤八尋『能維持』不死者身分不無關連。」

尼森排除一切私情的眼裡晃過了火焰般的情緒光彩。不過，那是從發生到結束連一剎那都不到的短暫現象。眼睛眨完以後，尼森已擺回原本沒表情的臉。

「原來如此，相當耐人尋味的報告。」

鳴澤八尋——迦樓羅提起了少年的姓名，然後露出豔麗笑容。

她的胸口，有好似龍血凝固而成的深紅寶珠散發出光輝。

「我喜歡你喔，哥哥……我是愛著你的。」

在下個不停的冷雨之中，少女呢喃似的細語。

穿著國中制服的她全身濡濕。

鮮血正從少女深深割開的左手腕源源流出。

站在施工中的大廈樓頂上的她回頭，空靈地微微一笑。

只映著絕望的眼睛裡，透明的淚滴盈落。

少年呼喚她的名字。他一臉認真地訴說著什麼，聲音卻傳達不到。

風吹過，少女純白的髮絲翩然飄起。

於是，她在最後告訴對方。

用祈禱般的沉靜語氣，臉上笑容洋溢著瘋狂。

「不能讓我們結為連理的這個世界，乾脆全部毀滅算了。」

† †

相隔幾天回到窩以後，感覺很是冷清。

位於二十三區近郊的私立大學校區故址。長期在研究室裡過夜，八尋以為自己早習慣了，偏偏今天就是覺得格外陌生不自在。

這裡沒有那對聒噪的雙胞胎，也沒有比利士藝廊的成員們，更重要的是沒有彩葉。而八尋雖已察覺癥結在哪裡，卻刻意不去正視那樣的事實。

被人欺騙或被人背叛都無所謂。

可是，拾取收集來的寶物若再度失去，便讓人無法忍受。與其那樣，還不如從最初便一無所有。說來老套，但八尋就是有這種想法。

八尋四年來一直都是獨自活過來的。他絕不會承認自己跟那些人相處了短短一天左右，就會受到他們的影響。

或許在八尋有這種想法時，手裡就已經握起了多餘的東西。對此他並非沒有自覺。

「是對方擅自要跟我握手的，沒辦法。」

八尋自言自語般用找藉口的語氣嘀咕。

他討厭麻煩，也討厭自己珍惜的事物被人奪走，更討厭主動予以割捨。

可是，大家遲早都會從身為不死者的他面前消失。既然如此，或許在別離來臨前的短暫時間內，隨興地試著回握對方的手也不錯。

何況她們派得上用場。

為了達成目的，八尋需要彩葉與比利士藝廊的助力。

找出鳴澤珠依，殺了她。

殺死從這個世界剝奪了太多東西，還持續帶走眾多生命的妹妹。

那是八尋所剩的唯一心願。

他能做的就是阻止她的瘋狂，阻止坦言喜歡自己的妹妹。

所以，八尋沒有餘裕將其他事物攬到懷裡。

回握對方伸出來的手，只是為了加以利用。理應如此。

「…………」

自己為什麼會思索這種事呢？開始感到愚蠢的八尋搖了搖頭。

八尋回來這個窩，並不是為了沉浸在無聊的感傷，而是為了從這裡打包走人。短期內，他會與比利士藝廊一同行動，才回來拿必須的行李。

「話雖這麼說，想也知道我能有多少行李。」

四年來存的少許外幣，還有替換衣物。八尋所有的財產幾乎就這樣而已。

另外還有一支規格落伍的改造手機。太陽能已經將手機充電完成，八尋原本想照著平時的習慣開機，就無意識地露出苦笑。

八尋心想之前自己還那麼地期待伊呂波和音的網路直播，往後大概不會再收看了吧。

既然陰錯陽差地得知了她的真實身分，要跟以前一樣坦然享受那些影片，已經是有困難的事。畢竟自己也知道活生生的彩葉是什麼樣的人了。

儘管自己並沒有因此討厭她。

倒不如說，她本人甚至比想像中還要有魅力。

唉，最後再看一次影片也好吧——

反正可以當背景音樂。八尋一面這麼告訴自己，一面開啟了手機電源。隨後——

「嗚汪～～！」

「唔喔喔！」

突然間，耳邊傳來彩葉的聲音，讓八尋真心嚇得叫了出來。

回頭看去，就發現她將手擺在頭上當獸耳，還露出得意的表情。

「啊哈哈哈哈，嚇到了嗎？嚇到了嗎？各位觀眾早安～～！」

「……彩葉……妳怎麼會在這種地方！這裡可是二十三區內耶。」

很危險吧——彩葉出現在魍獸群集的隔離地帶，讓八尋認真對她發起脾氣。

彩葉卻像聽了有趣的玩笑話，噗哧回答：

「即使你這麼說，二十三區對我而言就像家裡的後院嘛……再說有鵺丸在，又不會遇到危險。」

「我可不覺得那傢伙能幫到妳……」

八尋帶著傻眼的表情看向那隻在彩葉腳邊繞來繞去，尺寸像中型犬的雷獸。

儘管語言理應不通，白色雷獸卻好像感覺得到自己被人看扁了，就在身邊劈哩啪啦發出靜電般的花火，並且瞪了八尋。

「哦～～……八尋，你之前都住在這樣的地方啊。真的耶，有你的味道。」

彩葉擅自跳上沙發，還把臉埋在毛毯裡說話。

「妳不要自然而然就聞起別人家的味道！」

「欸欸欸，八尋，這是你的手機嗎？可不可以讓我看照片？」

「呃，照常理想就知道不行吧。妳為什麼想看那種東西？」

「我在想，你會不會把我的直播擷圖存下來啊。」

彩葉抬起臉，然後賊賊地笑了。八尋忍不住冷冷笑出「哈」的一聲。

「沒，我才不會存那種東西。」

「是喔？為什麼？男生不都會用色色眼光看自己喜歡的女生照片嗎？」

「我怎麼會變成喜歡過妳。」

別捏造別人過去的情史──八尋沒好氣地瞪向彩葉。光是看了網路上的現場直播就被擅自當成有戀愛情感，未免說不過去。

「應該說，和音不是那樣的對象啦。我沒辦法用有色眼光看她。」

「這、這樣喔……八尋，難道你算是不能拿和音開玩笑的真愛黨……？」

「啥？真愛黨？」

「哎、哎呀～……聽觀眾當面這麼說，果然很難為情耶……啊哈哈……」

不知怎地，彩葉聽過八尋的說明後就面紅耳赤地縮起來了。她似乎屬於自我肯定感高，實際面對他人表示好感卻會招架不住的類型。

「先跟妳聲明，剛才我會那麼說，是因為我把和音當成寵物或家人啦。」

「家人……」

「還有，她總讓我覺得蠢蠢的。」

「啥！為什麼！我有哪裡讓人覺得蠢蠢的！」

過分──彩葉說著就像由衷受到打擊一樣定住了。

隨後八尋那支完成啟動的改造手機顯示了鎖定畫面。

隨機切換的背景桌布秀出了一張舊照片。

攝影於海邊，稀鬆平常的全家福照。

照片上有雙親和長男，與表情緊張的年幼妹妹。

彩葉看出那是八尋的家人，表情就跟著緊蹦。

「……對不起……其實我沒有打算看的。八尋，對不起……」

「不會，沒有關係。我也忘記自己設定過這些了。」

八尋不在乎似的搖搖頭。那並不是讓別人看了會造成困擾的照片，就算一起入鏡的雙親都已經不在人世。

「這是珠依到我家那一天的照片……」

八尋望著照片中的少女說道。

彩葉警覺地倒抽一口氣。

她咬住嘴脣，視線低垂片刻，然後下定決心似的抬起臉。

「八尋，你想回到大殺戮發生前的世界嗎？」

「咦？」

彩葉並未從疑惑的八尋面前轉開目光，還緊握自己的雙手。

「……我呢，沒有家人，也沒有小時候的記憶。我從懂事時就是住在育幼機構……所以在發生大殺戮以後，我其實有點慶幸自己多了好幾個弟妹。」

她那意想不到的自白，讓八尋短時間忘記了呼吸。

沒有過去的記憶，孑然一身的少女。跟珠依相同的境遇。

珠依不知道自己的親生父母是誰，也不知道自己在哪裡出生。連她從以前到現在是怎麼活下來的，都找不出蛛絲馬跡。簡直像是從某個不同於這裡的遙遠世界，在迷途間突然闖進了這裡。

假如同為龍之巫女的彩葉也跟珠依一樣——那究竟是不是巧合呢？八尋感到疑惑。

彩葉並未發現八尋有這樣的迷思，又繼續說道：

「不過，我想大家都有自己真正的家人才對，原本都會過得更幸福才對。假如我跟其他龍之子戰鬥以後，能成為最後留下的一人，還有權任意創造世界，是不是就能讓世界像那樣重新來過呢……？八尋，我該怎麼做比較好？」

彩葉的話說到一半，就斷斷續續變得模糊且小聲了。

她撫摸著抱在腿上的鵺丸的背，垂著頭沉默不語。

八尋望著她端正的臉龐，吐了口氣。

此時，八尋想起了跟伯爵戰鬥到一半，從珞瑟那裡聽見的話語。

為什麼有權使用神蝕能的會是自己？面對八尋這樣的疑問，藍髮少女回答了。

龍出借神蝕能的對象「僅限於龍之巫女愛上的人而已」——

「隨妳高興啊。」

趕在頭腦思考之前，八尋要對彩葉說的話就衝口而出。

咦——彩葉訝異地瞠目。

八尋像要逃避她的視線，把臉轉到旁邊，還用劃清界線的語氣說道：

「之前我也講過吧。妳照自己喜歡的方式去做就好了。假如有其他龍要來攪局，到時候我會在旁邊保護妳。」

「嗯——」

彩葉生硬地點頭。只見在彩葉睜大的眼睛裡，淚水正逐漸盈上。妳還要哭啊——如此心想的八尋緊張地做了心理準備。

八尋已經習慣被人咒罵、鄙視甚至於殺害，唯獨就是不習慣彩葉在眼前哭，往後肯定也不會習慣才對。因為會比被人用刀砍還要痛心，可以的話，在內心祈禱的他當真希望彩葉別這樣。

大概是上天聽見了八尋的祈禱，實際上彩葉並沒有流淚。

因為在那之前，就有新的入侵者不客氣地踏進房間了。

「小珞，妳有沒有聽見？八尋真夠帥的耶～～」

「嗯。實質上，那可以解讀成他訂下了契約，願意在面對其他龍的攻擊時挺身保障儘奈彩葉的安全。之後在藝廊要跟八尋簽訂的契約裡，我們也照樣補上這段內容吧。」

「——欸，為什麼連妳們都在啊？」

八尋感到憤慨，並且吼了忽然冒出來自說自話的雙胞胎姊妹。

「我們是來幫忙你搬家，兼當彩葉的護衛。」

不然你以為是誰將彩葉帶來這裡的呢——珞瑟傻眼似的反問。

在這段空檔，茱麗眼尖地注意到辦公桌上的筆記型電腦。

「啊～～……發現電腦。我問你喔，八尋，圖片資料夾可以打開來看嗎？」

「喂！別蠢了，住手！誰會答應妳啊！」

跟剛剛手機時的反應截然不同，八尋明顯慌了。

八尋急得火速朝電腦伸出手，茱麗則靈活地閃過了他的手。

彩葉看著八尋慌亂的模樣，到最後就忍不住噗哧笑出聲音。

彷彿從先前的憂鬱獲得了解放，她聲音開朗地笑個不停。

然後，一路笑到打滾的彩葉擦掉眼角浮出的淚，還把左手交到八尋面前。眼裡仍帶有笑意的她，盡全力用認真的語氣說道：

「欸，八尋，跟我打勾勾。」

「打勾勾？可以是可以啦，不過妳想約定什麼？」

八尋用敷衍的口氣反問。

他沒有嫌麻煩拒絕，是因為自己日前才當著彩葉的面跟茱麗做過一樣的事。

再怎麼說想必也不至於為此吃醋，但是彩葉就算對茱麗抱有對抗心，感覺也沒什麼好奇怪。要是又害彩葉哭出來，那可就麻煩了。

八尋明白，受了詛咒的不死者雙手沾滿鮮血，便不應該再將多餘的事情攬到身上。可是，如果連對方伸過來的手都拒絕，到時候他就會忘記自己曾為人類，變成真正的怪物了

——八尋如此心想。

八尋掩飾不了內心的糾葛，而彩葉不知怎地，用像是保護者的眼神望著他。

「你要陪在我身邊，直到我實現心願為止。」

「呃，那樣未免太含糊了吧？」

麻煩把心願說得具體點——如此要求的八尋板起了臉。

約定的內容太過模稜兩可，實質上，那不就等於無期限了嗎？八尋想這麼吐槽。

說到底，彩葉好像也有所自覺，就沒有反駁地點了頭。

「也對呢。那麼，我決定改成這樣。」

彩葉用自己的小指勾住八尋的小指。

一回神，彩葉的臉已經貼近到能讓雙方觸及彼此的氣息。

龍之巫女，身上蘊有神蝕能而註定犧牲的少女。

八尋從相互接觸的指頭感受到她的力量正朝自己流過來。

或許，那是毀滅世界的力量。

或許，那會將眾多人類逼至死地，是受到詛咒的力量。

但即使如此，與她之間的約定仍會被履行才對。

少女只是希望他陪在身邊，說來太過渺小的心願將會實現。

因為身為不死者的少年會遵守與她的契約。

直到遲早要來臨的約定時刻。

於是彩葉使壞似的瞇細眼睛，把那說出口。

說出既純真又美麗的詛咒之語——

「直到死亡將我倆分開為止。」

後記

說到虛位王權這個書名，在一開始的企畫書中並未用漢字呈現。因為我覺得「虛」這個字的日文讀音生澀難唸，要取簡稱也會有拗口之虞。然而，從各方面出現了諸如「用平假名不適合啦」、「說實在很矬」之類的意見把我批評得慘兮兮，到最後就決定用現在的方式呈現了。的確，簡稱全用平假名與片假名的話，字面上會顯得有點呆，所以用漢字是對的——當我自己也開始這麼想時，立刻就有看見新刊公告的熟人唸錯「虛」這個字的讀音，還問：「這個詞是什麼意思啊？」我便懊惱地抱著腦袋寫起這篇後記。為什麼會這麼容易被唸錯呢……虛這個字……

就這樣，《虛位王權》第一集已向各位奉上。

這是與前作《噬血狂襲》相隔許久的新系列。假如有一直在期待我出新作的讀者，真的很抱歉讓各位久等了。

這次為了適應新的世界觀以及新的登場人物，真的費了不小的工夫。我整理了相當大量的資料，還被迫翻修文本內容，重寫了前所未有的大量文字……苦心得到了回報，如今八尋及彩葉等本作的角色全都讓我感到挺滿意。原本主角群預計要給人更潮的印象，卻變得意外傻氣……更正，卻失算讓他們變得粗線條，但是在殺機重重的世界觀，神經沒這麼大條也活不了吧。我有這樣的想法。

然後，本作的主題是龍與弒龍者。Dragon and Dragon slayer。嗯〜〜相當奇幻。其實我在電擊文庫的出道作，好像也是以龍與弒龍者為主題。簡直毫無長進……話不能這麼說，沒錯，應該稱作回歸原點，這樣就對了。

實際上，無分今昔，所謂的龍始終是我在奇幻作品數一數二喜愛的核心題材。不管是小說、電影或動畫，只要有又強又帥氣的龍出現，我就會跟著興奮。西洋的龍和東洋的龍，我一律喜歡。看到近年在電玩之類的載體常有龍被當砲灰對待，便讓我感到難過，但那樣應該也不壞吧。可戰可騎，嘗起來也美味，龍便是如此。不過，既然要讓牠們在自己的作品登場，我還是希望描寫出窮凶惡極又吸引人的龍。《虛位王權》就因應這樣的念頭誕生了。

這麼說來，在本作的開頭，日本忽然就出了天大的狀況，但作者當然並不是對日本懷有怨恨，還請各位把這當成虛構作品裡常見的地球滅亡或世界迎向末日一類的情節。一邊實地探勘或研讀地圖，一邊想像在現實中的土地與怪獸作戰會是什麼情景，有讓我從中得到一絲樂趣。

負責繪製插畫的深遊老師，感謝您提供了遠遠超出我想像的精美人物設計及插畫。當初得以拜見人物草稿時，我曾感動得怪吼怪叫還發顫。後續集數務必還要麻煩您。

還有參與製作／發行本書的相關人士，我也要由衷感謝你們。

對於讀完本書的各位讀者，我當然也要致上最高的感謝。

目前我已經在著手執筆第二集，我會努力盡快奉上續集。那麼，但願我們還能在下一集相會。

三雲岳斗

02

Dragons And The Deep Blue Sea

虛位王權

THE HOLLOW REGALIA

敬 請 期 待

鳴澤八尋
Narusawa Yahiro

不死者

九曜真鋼

DATA

年齡	17	生日	8/16
身高	176cm		
特徵	黑髮黑眼、體重 61kg		
專長	劍道（一級）		
喜歡	烤雞肉、觀賞電影		
討厭	洋蔥、古文		

SUMMARY

淋了龍血成為不死者的少年，為數稀少的日本人倖存者。獨自以「拾荒人」身分將古董及藝術品從隔離地帶「二十三區」搬運出來，謀生至今。一直在尋找於大殺戮失蹤的妹妹鳴澤珠依。

CONFIDENTIAL

儘奈彩葉
Mamana Iroha

使役魍獸的少女

DATA

年齡	17	生日	7/21（暫定）
身高	161cm		
特徵	褐髮褐眼、大於 F 罩杯		
專長	開台直播、COSPLAY		
喜歡	銅鑼燒、家人		
討厭	咖啡、數學		

SUMMARY

於隔離地帶「二十三區」中央存活下來的日本少女，在倒塌的東京巨蛋故址與七名弟妹一起生活。感情豐富且容易落淚。擁有支配魍獸的特殊能力，因此被民營軍事公司盯上。

伊呂波和音
Iroha Waon

直播主

年齡	17000 歲	生日	7/21	身高	與十五顆蘋果同高
特徵	銀髮、綠眼、獸耳、尾巴				

在海外影片分享網站用日文進行現場直播的COSPLAY直播主。聲音與外表固然可愛，但影片本身並不算多有趣，播放次數遲遲沒有起色。即使如此，她會持續開台直播好像是有某種理由……

茱麗葉・比利士

Giulietta Berith

年齡	16	生日	6/13
身高	157cm		
特徵	挑染的橘色頭髮、E 罩杯		
專長	全般格鬥技		
喜歡	水果、藝術鑑賞		
討厭	軟軟的東西、噁心的東西		

軍火商比利士藝廊的營運長，珞瑟塔的雙胞胎姊姊。中裔東方人，但目前將國籍設於比利士侯爵家根據地所在的比利時。擁有超乎常人的體能，在肉搏戰足以壓倒身為不死者的八尋。性格具親和力，受眾多部下仰慕。

天真爛漫的格鬥家

冷酷的狙擊手

珞瑟塔・比利士

Rosetta Berith

年齡	16	生日	6/13
身高	157cm		
特徵	挑染的藍色頭髮、不滿 A 罩杯		
專長	狙擊		
喜歡	紅茶、閱讀		
討厭	酒、恐怖片		

軍火商比利士藝廊的營運長，茱麗葉的雙胞胎妹妹。擁有超乎常人的體能，操控槍械尤有天賦。與姊姊呈對比，個性沉著冷靜，幾乎不會表露感情。大多負責部隊的作戰指揮。溺愛姊姊茱麗葉。

CONFIDENTIAL

喬許・基根

Josh Keegan

年齡	25	生日	7/2
身高	173cm	特徵	金髮碧眼

比利士藝廊的戰鬥員，愛爾蘭裔美國人。原為警官，因為某種因素遭到犯罪組織索命。輕薄言行雖多，身為戰鬥員卻屬優秀。

開朗的前警官

美麗的女戰鬥員

帕歐菈・雷森德

Paola Resente

年齡	24	生日	5/16
身高	175cm	特徵	棕髮、榛色眼睛

比利士藝廊的戰鬥員，墨西哥出身。原為女演員，業界至今仍有許多她的戲迷。為照顧留在故鄉的家人，將多數薪水用於貼補家用的苦命人。

性情穩重的復仇者

魏洋

Wei Yang

年齡	27	生日	9/24
身高	181cm	特徵	黑髮黑眼

比利士藝廊的戰鬥員，中國出身。父親為政府高官。在調查父親遭謀殺有何真相的過程中得知統合體的存在，便加入了比利士藝廊。雖是溫和的美男子，發飆就會很恐怖。

地龍巫女

鳴澤珠依
Narusawa Sui

年齡	16	生日	12/14（暫定）
身高	151cm		
特徵	白髮紅眼、體重 37kg		

鳴澤八尋的妹妹。有能力將龍召喚至現世的巫女，引發大殺戮的始作俑者。在當時所受的傷導致她的身體會不定期陷入「沉眠」。目前受到「統合體」保護，將自己提供給他們當成實驗體以換取庇護。

統合體的使者

奧古斯托・尼森
Auguste Nathan

年齡	29	生日	2/9
身高	188cm	特徵	黑髮、琥珀色眼睛

非裔日本人醫師兼「統合體」的探員。負責護衛鳴澤珠依，一方面助她實現願望，另一方面則把身為龍之巫女的她當成實驗體利用。

CONFIDENTIAL

耶克托爾・萊馬特

Hector Raimat

年齡	74	生日	10/3
身高	174cm	特徵	白髮褐眼

世界屈指可數的軍火廠商「萊馬特國際企業」的會長。擁有爵位的正牌貴族，被稱作伯爵。為了獲得龍血帶來的不死之力，將研究設施提供給尼森，另一方面也在覬覦彩葉。

軍火商

高傲的法夫納兵

費爾曼・拉・伊路

firman La Hire

年齡	28	生日	3/16
身高	183cm	特徵	金髮綠眼

萊馬特企業旗下之民營軍事公司RMS的日本分部總隊長。於軍官學校以第一名的成績畢業之後，隨即成為軍中最年輕少校而被挖角來的菁英指揮官。自願成為F劑實驗體，顯露其具野心的一面。

KEYWORDS

比利士藝廊

根據地設在歐洲的貿易公司，經銷兵器與軍事技術為主的死亡商人。擁有用於自衛的民營軍事部門。贊助者是比利士侯爵家。

統合體

目的在於保護全人類免受龍帶來的災厄的超國家組織。據說不僅繼承了過去龍出現的紀錄及記憶，還保有為數眾多的神器。

法夫納兵

被投入特殊藥劑「F劑」的民營軍事公司RMS的戰鬥員。透過名為龍人化的肉體變身，肌力、敏捷性與再生能力都獲得飛躍性提升。另一方面，龍人化也會有使暴戾性情加劇、縮短細胞壽命等副作用。

作戰區域圖

AREA MAP

重要據點一覽

A	艾德的店	松戶車站周邊
B	八尋的窩	R 大學故址
C	冥界門（Ploutonion）	以國會議事堂為中心的半徑 1.5km 範圍內

櫛名田捕獲作戰　位置紀錄

1	作戰開始地點	荒川河河岸
2	比利士藝廊移動路徑	隅田川
3	與魍獸霸下交戰處	隅田川、藏前橋一帶
4	櫛名田捕獲作戰目的地	東京巨蛋故址
5	與法夫納兵交戰處	東池袋

GALERIE BERITH　Information Department　YOUR EYES ONLY

CONFIDENTIAL

用語集

KEYWORD

不死者-Lazarus-

淋了龍血而獲得不死能力的人類，只是不死而非不老。
此外，不死能力需受到一定程度以上的重傷才會生效（以失血量為準）。並非所有接觸龍血的人類都能從此不死，未滿足某項條件就無法成為不死者。
不死者肉體會對生命危機產生反應，讓被稱作血纏的鎧甲於自體表層具現成形。
血纏會依照各人的神蝕能發揮出對應的額外效果。

龍

名留世界各地神話及傳說的超存在。於地上引發各種災害，另一方面也會施與人類恩惠。所謂的龍即為世界本身，亦有說法認為我們居住的世界就是誕生自龍的屍骸。在龍的故事裡，每每都有被獻祭的巫女登場。這可以解釋為龍會透過巫女的肉體降臨，或者是巫女本身從異界召喚了龍。

神蝕能

龍所保有的權柄總稱。能輕易顛覆物理法則，將災厄帶到這個世界的特殊能力。
僅限龍遺留的神器，或者龍之巫女在身邊的時候，不死者才可使用與自身源流的龍相同的神蝕能。

大殺戮（J-nocide）

肇端於隕石墜落而發生在日本國內的自然災害，以及伴隨發生的全球性日本人虐殺熱潮。日本人因此滅絕了，僅有稀少例外免於一死。

魍獸

於大殺戮發生後出現在日本全國的謎樣怪物。超脫既有生物架構的存在，即使靠近代兵器也無法輕易將其壓制。一般認為國內的日本人有大半都是被它們所殺。不死者的血對魍獸會成為致命猛毒。

冥界門

大殺戮發生後，出現於東京二十三區中心處的巨大豎坑。內部充斥黑暗，一般認為坑洞與異界相連。從冥界門冒出大量魍獸，二十三區因此被指定為隔離地帶而遭到封鎖。

祝賀插畫

我畫得很開心。我相當喜歡彩葉與八尋之間的關係，往後也希望能繼續關注他們…！

深游

恭喜虛位王權上市！由於是三雲老師的新作，我非常非常期待！往後我也打算以一名書迷的身分繼續追隨。彩葉的過膝襪太耀眼了。能有機會畫她，我很高興！

王者的求婚 1 待續

Kadokawa Fantastic Novels

作者：橘公司　插畫：つなこ

最強魔女臨死之際將世界託付給少年——
新世代最強的初戀！

久遠崎彩禍是持續拯救世界的最強魔女，也是魔術師學園的學園長。她將身體與力量交給玖珂無色接管後，就此死去。彩禍的侍從烏丸黑衣要求無色冒充彩禍在學園念書，不能被人發現……而且無色一不小心就會變回男生，需要女生的吻才能變回來？

NT$240/HK$80

幽冥宮殿的死者之王 1 待續

Kadokawa Fantastic Novels

作者：槻影　插畫：メロントマリ

不死者vs死靈魔術師vs終焉騎士團，
三方勢力展開前所未見的戰鬥！

少年恩德受病痛折磨而喪命，再次甦醒時發現自己因為邪惡死靈魔術師的力量，變成了最低階不死者。他為了贏得真正的自由，決心與死靈魔術師一戰，然而追殺黑暗眷屬直到天涯海角，為誅滅他們不惜賭上性命的終焉騎士團卻又成了他的障礙……！

NT$240/HK$80

魔法★探險家
轉生為成人遊戲萬年男二又怎樣，我要活用遊戲知識自由生活 1~4 待續

Kadokawa Fantastic Novels

作者：入栖　插畫：神奈月昇

瀧音加入了月讀魔法學園的三會，
魔探世界與瀧音的命運發生劇變！

一年級便獨自攻略迷宮第四十層的瀧音受邀加入月讀魔法學園中執掌最大權力的三會，他為了支援諸位女角而忙碌奔波。他注意到聖伊織的義妹結花身上發生異狀？本來應是輕鬆就能解決的事件——然而，故事朝著瀧音也不知道的新路線產生分歧？

各 NT$200~220/HK$67~73

為何我的世界被遺忘了？ 1~6 待續

Kadokawa Fantastic Novels

作者：細音 啓　插畫：neco

揭露世界的真相——
目擊衝擊性發展的奇幻巨作第六彈！

六元鏡光、凡妮沙、拉蘇耶三英雄，因為三種族的意圖各不相同而產生衝突。獲得預言神加護的這個世界的「兩位希德」——阿凱因和特蕾莎則在伺機而動，準備對三英雄發動猛攻。此刻，這個世界將邁入「不存在於任何人的記憶」的局面——！

各 **NT$200~220/HK$65~73**

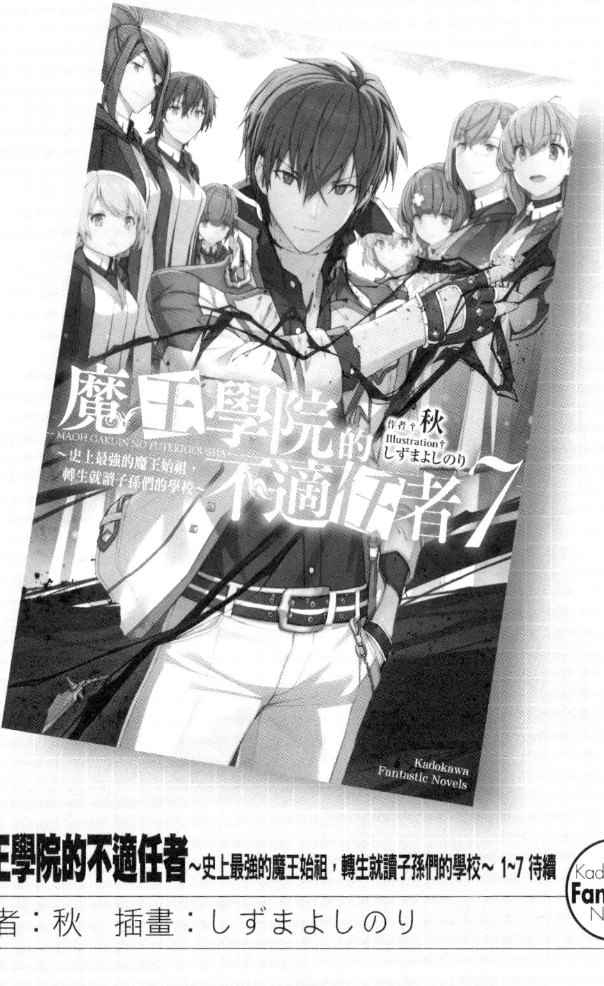

魔王學院的不適任者~史上最強的魔王始祖，轉生就讀子孫們的學校~ 1~7 待續

Kadokawa **Fantastic** Novels

作者：秋　插畫：しずまよしのり

魔王學院第七章〈阿蓋哈的預言篇〉開幕！
阿諾斯遇見了一名沒有未來、即將成為祭品的龍人！

覆蓋地底世界的天蓋，經由全能者之劍變成不滅的存在了。脫離秩序的這個岩塊，最終注定會化為震雨落在地底世界全境上，將生活在那裡的一切生命壓死。為了得到阻止慘劇的線索，阿諾斯等人前往「預言者」所治理的騎士之國阿蓋哈——

各 **NT$250~320/HK$83~107**

01
菜鳥鍊金術師
開店營業中
いつきみずほ
ふーみ
得到一間店！
Management of Novice Alchemist Get My Shop!
Kadokawa Fantastic Novels

怕痛的我，把防禦力點滿就對了 1~13 待續

Kadokawa Fantastic Novels

作者：夕蜜柑　插畫：狐印

分成兩大勢力的對抗戰即將開打！
強得亂七八糟的【大楓樹】將情歸何處!?

第九階地區的亮點，是在兩個王國間選邊站的大型ＰＶＰ！各公會不停蒐集情報以決策同盟或敵對，其中最受關注的當然是【大楓樹】選擇哪個陣營。梅普露自己也會和勁敵們交換資訊，並受到【聖劍集結】的邀請，有好多事要傷腦筋……

各 **NT$200~230/HK$60~77**

國家圖書館出版品預行編目資料

虛位王權. 1, Corpse Reviver/三雲岳斗作；鄭人彥譯.
-- 初版. -- 臺北市 : 臺灣角川股份有限公司,
2022.10
面； 公分
譯自：虚ろなるレガリア. 1, Corpse Reviver
ISBN 978-626-321-884-0(平裝)

861.57 111013243

Kadokawa
Fantastic
Novels

虛位王權 1
Corpse Reviver

（原著名：虚ろなるレガリア 1 Corpse Reviver）

2022年10月11日　初版第1刷發行

作　者：三雲岳斗
插　畫：深遊
譯　者：鄭人彥

發 行 人：岩崎剛人
總 編 輯：蔡佩芬
編　輯：孫千棻
美術設計：莊捷寧
印　務：李明修（主任）、張加恩（主任）、張凱棋

發 行 所：台灣角川股份有限公司
地　址：104台北市中山區松江路223號3樓
電　話：（02）2515-3000
傳　真：（02）2515-0033
網　址：www.kadokawa.com.tw
劃撥帳戶：台灣角川股份有限公司
劃撥帳號：19487412
法律顧問：有澤法律事務所
製　版：巨茂科技印刷有限公司
ＩＳＢＮ：978-626-321-884-0